Hanna Sukare

SCHWEDENREITER

ein Heimatroman

OTTO MÜLLER VERLAG

2. Auflage

www.omvs.at

ISBN 978-3-7013-1261-0

Satz: Media Design: Rizner.at
Druck und Bindung: Druckerei Theiss GmbH, A-9431 St. Stefan
Der Umschlag zeigt den Ausschnitt eines Gemäldes von
Hubert Dietrich: Vorsäß im Winter, 1989
Foto: Max Böhm, Umschlaggestaltung: Ursula Meyer
Koordination: Esche Schörghofer

für die Freundinnen der Deserteure
und deren Unterstützerinnen

Kamerad, sagte ein Kamerad,
wir bleiben die Alten.
Gerhard Fritsch: Fasching, 1967

Kopflose Gegend

Ich werde nicht ankommen. Wie lange diese Reise dauert. Die Strecke von Wien nach Stumpf bin ich so oft wie keine andere gefahren. Diesmal nimmt die Fahrt kein Ende, die Minuten kommen voneinander nicht los, die Stunden verkleben, als müsste die Lok sich gegen Widerstände durchkämpfen, Hindernisse überwinden. In Wien bin ich mit einer unbestimmten Vorfreude weggefahren. Nun werde ich müde und will die Lider nicht sinken lassen, strenge mich an. Ich sträube mich, je näher der Zug meinem Ziel kommt. Ich frage den Schaffner, ob die Lok ein Problem habe. Er schaut mich an, als wäre das Problem ich. Ich bin Paul Schwedenreiter. Nach einem langen Blick erwidert er: Wir sind planmäßig unterwegs.

Stumpf hat keinen Bahnhof. Stumpf liegt auf einem Plateau über dem Tal. Unten im Tal stehen die Bahnhöfe, Zach im Osten, Pinz im Südwesten. Meistens steige ich in Pinz aus, weil ich von diesem Bahnhof das Haus schnell erreiche. Das Haus gehört zwar zu Stumpf, es steht aber nicht auf dem Plateau. Es steht in einem Graben, fern der Dörfer an einem Nichtort. In einem Schuppen beim Bahnhof Pinz parkt mein Auto.

Ich lenke es hinaus in die feuchte Nachtluft, öffne das Fenster. Ich nehme die alte kurvige Straße entlang der Zach bis zur Abzweigung in den Graben. Im Graben, so heißt die Straße, an der neben dem Bach das Haus steht. In diesem Holzhaus bin ich aufgewachsen, nach Mitternacht erreiche ich es. Ich gehe die paar Schritte zur Haustür, sperre auf, lege den Rucksack ab und den Mantel. Im Vorzimmer brennt Licht. Seit nur noch ich dieses Haus benutze, bleibt ein Licht brennen, wenn ich nicht hier bin. Das Haus steht allein, die Nachbarn sind Fichten, Füchse, Felsen. Wollte jemand einbrechen, würde eine Glühbirne ihn davon nicht abhalten. Solange mir die Sinnlosigkeit meines Tuns nur bewusst bleibt.

Ich werfe einen Blick in die Küche, gehe in den nächsten Raum und in den nächsten, dann in den Oberstock. Alle Türen sind nun geöffnet. Ich beginne zu summen. Während ich die Stufen wieder hinuntergehe und meine Hand über das Geländer gleitet, wird das Summen ein Singsang, ein Sprechgesang. Zuerst nur Vokale, dann Silben, Worte, schließlich Satzmelodien.

Rosa, willkommen in deinem Haus, singe ich, ist nun mein Haus, doch war seit je dein Haus. Rosa, wird dein Haus ewig bleiben. Meine Urgroßmutter, ich begrüße dich, verneige mich vor dir, oh du Rosa. Einen Augenblick halte ich inne, verneige mich, gehe dann in das von Rosa Wohnzimmer genannte und früher nur zu Weihnachten benutzte Zimmer, meine Hand streift die Holzwand, rückt ein Bild ins Lot.

Felician, singe ich, gegrüßet seist du mein Felician, das Bild zeigt dich in der Kindheitslederhose, ernst schaust du drein, ich grüße dich in Rosas Haus, ich grüße dich, Großvater Felician. Wieder Verneigung.

Ich gehe zurück in die Küche, ziehe an der Schnur des Hampelmanns, singe, Kaspar, auch dich grüße ich, Kaspar mein Vater, und ich grüße Zappi, den Hampelmann, du hast ihn gesägt, tauftest ihn Zappi und ich bemalte ihn, ich danke dir, mein Vater Kaspar, für den Zappi. Verneigung.

Oh Rosa, Felician, Kaspar, ihr meine Toten, singe ich und schmiege mich in die Verneigungen, ich grüße euch alle in Rosas Haus im Graben von Hinterstumpf.

Sobald ich in Rosas Haus komme, singe ich diese Ankunftslitanei. Der Singsang bringt mir die Räume näher, das Haus, meine Toten. Ich summe noch, als ich zum zweiten Mal in den Oberstock gehe und an der Türschwelle zu einer Kammer stehenbleibe. Nur Bett, Kommode und ein Hocker sind drin. Zuerst leise, doch stetig lauter werdend singe ich in der Kammer. Em, em, Emeri, Emere, Emerenzi, ach Renzi, crescendo, Emerenzia, meine Meret, oh Meret, sei gegrüßt in Rosas Haus, ich grüße dich in unserer Kammer, du fehlst mir, singe ich, wohin bist du gegangen? Von der Kommode nehme ich den bauschigfeinen Pinsel und staube die getrockneten Klatschmohnkapseln ab, Meret hat die Stängel in ihrem letzten Sommer gekürzt, in ein Wachstäfelchen gesteckt und gesagt: Mohnwald. Gegrüßet seist du, meine Meret, singe ich beim Verlassen der Kammer.

Kaspar du Vater, Felician du Großvater, Rosa du Urgroßmutter, Meret du Geliebte, seid alle gegrüßt, singe ich, während ich langsam die Stiegen hinuntergehe. Meret war auf den Namen Emerenzia getauft, diesen Namen lehnte sie ab und duldete, wenn ich sie Renzi oder Meret nannte.

Der Singsang erfasste mich, als ich nach Merets Tod wieder in Rosas Haus kam, aus dem Singsang stieg die Litanei. Ich überließ mich dieser leichten Verrücktheit, erstaunt stockend zuerst, dann nachgebend, mich gehen lassend. Aus der leichten Verrücktheit löste sich mit der Zeit eine innerliche Beweglichkeit. Sie lockerte meinen Trauerpanzer. Der Singsang, die Litanei gehören zu meiner Vorfreude auf das Haus im Graben.

Unten im Vorraum wende ich mich wieder um, gehe noch einmal in den Oberstock und dann hinauf in den

Dachboden. Aus einer Schachtel beim Rauchfang ziehe ich ein dunkelblaues daumenbreites Metallröhrchen, öffne den roten Verschluss, drücke die Dachluke auf und paffe Seifenblasen in die Dunkelheit. Das Seifenblasenpaffen gehört seit Merets Tod wie die Litanei zu meiner Rosahausbegrüßung. Hier, auf dem Dachboden in Rosas Haus, mit den Seifenblasen, zwischen dem Bach und den Sternen, ist das Alleinsein schmerzlos. Die Seifenblasen schweben in die Nacht.

Dann zurück, hinunter, in die Küche, aus dem Kühlschrank ein Bier, ins Wohnzimmer, das Fenster öffnen. In einer Hand das Bier, der andere Arm hängt neben dem Körper, die Faust leicht geballt stehe ich an dem Fenster, höre zum Bach. Sobald mich der Tag, die Reise und das Bier ausreichend ermüdet haben, werde ich in diesem Zimmer auf dem Sofa schlafen, am Kopfende eine Stehlampe und schon die Wand.

Im Traum ging ich mit meinem Vater Kaspar zwischen Fichten und seltenen Buchen einen steilen Hang hinauf. Unter den Sohlen der Boden federt. Kaspar legt den Kopf nach hinten, ermisst die Breite und Höhe der Stämme, ruft Herrschaftswald, Herrschaftswald und ein Echo bringt zurück Errschawal. Kaspar ist mit einem Mal verschwunden. Ich steige weiter bergauf, Gestank schlägt mir entgegen, ich gehe auf die Stelle zu, die Kaspar mir früher gezeigt hat, eine Höhle in dem Steilhang. Nach jedem Besuch haben wir den Eingang wieder hinter Gestrüpp verborgen. Im Traum ist die Tarnung weggerissen, lose lehnen dort ein paar Äste. Ich schiebe sie mit dem Fuß zur Seite und sehe einen Wildkadaver, verwest, der Kopf fehlt.

Ich erwache mit zwei halblaut gesprochenen Worten: Kopflose Gegend. Ich liege in kaltem Schweiß. Der

Gestank, das blutverkrustete Tier, aber vor allem: Das Versteck ist entdeckt.

Bis zu diesem Traum hatte ich geglaubt, kindlich geglaubt, nur wir, Rosa, Felician, Kaspar, Meret und ich wüssten von der Höhle. In dieser Höhle hatte Felician den letzten Winter des Zweiten Weltkriegs verbracht.

Rasch stehe ich auf, schließe das Fenster und lege mich gleich wieder auf das Sofa. Ich wälze mich von einer Seite auf die andere, weiß nicht wohin mit meinen Armen, finde nicht zurück in den Schlaf, stehe schließlich auf, ziehe mich an und verlasse in der Morgendämmerung das Haus. Der Traum hat mir die Lust genommen, über Felicians Steilhang weglos hinauf zu gehen. Aus der Hütte neben dem Haus schiebe ich Kaspars Moped, fahre nach Pinz und die halsbrecherisch steile Straße aufs Plateau. Oben beim Tagsee angekommen, stelle ich das Moped ab und nehme einen um diese Tageszeit wenig begangenen Wanderweg. In aller Früh will ich nicht Stumpfern begegnen. Ich kenne hier jeden, aber ich kann mit keinem reden. Grasige und bewaldete Hügel oder fernerliegend felsige Gipfel formen das Auf und Ab des Plateaus. Die Nähe zu dieser Hochfläche hält mich davon ab, Rosas Haus zu verkaufen. Meret bewegte sich über die Wiesen des Plateaus unbefangen, oft verlor sie in den Wäldern die Richtung, sie kannte die Gegend, nicht die Demütigungen, nur vermittelt durch mich. Sie brachte von Wanderungen über die Hochfläche Begeisterung mit, die mich manchmal ansteckte und für Momente glauben ließ, ich könnte eines Tages, gelöst von Menschensachen, in dieser Landschaft wieder arglos leben, wie ein Kind im Gewohnten. Wenn ich zitierend ausholte Alles, jeder Geruch, ist hier an ein Verbrechen gekettet, an eine Mißhandlung, an den Krieg, an irgendeinen infamen Zugriff ... Wenn das auch alles vom Schnee zugedeckt ist,[1] dann sagte Meret lachend: aber geh, schau doch hinaus, die Sonne, das Gras, keine Flocke Schnee.

Meret ist aber vor zwei Jahren gestorben. Ihr Tod zerriss die Fäden, die sie im Graben zu meinem Schutz um mich gezogen hatte. Ich bemerkte diese Fäden erst, als das unsichtbare Gespinst fehlte, und ich bei meinen Wanderungen über die Hochfläche versuchte, dem Boden unter meinen Schuhen nahe zu kommen, die Moose auf den Baumwurzeln nicht zu übersehen und mich an Pflanzennamen zu erinnern, nicht aber an Plateaugeschichten. Nach wenigen Schritten übersehe ich schon die Grüns um mich herum, bin blind für grau geschindelte Dächer, sehe weder Felsen, Himmel, Wiesen noch Waldsaum, meine Gedanken kreisen um Menschen.

Da sind die ersten Häuser von Stumpf, die Morgensonne blendet, ich blinzle hinüber zum Moorsee, mitten in Stumpf liegt er, ich schaue zur Kirche, von hier scheint es, als lehne sie am Schloss, in der Neubausiedlung hinter dem Friedhof flattern auf einem Balkon Gebetsfähnchen. Ein Pfad zwischen Wiesen führt in den Ort. Die Verkäuferin beim Bäcker hält mich für einen Feriengast. Mich kennen hier doch nicht alle.

Mit dem Brot im Rucksack ging ich über die Hügel und durch den Wald zurück zum Moped, fuhr die Steilstrecke hinunter zum Graben.

Ich heize den Sparherd, koche Schrotsuppe, Kaffee, frühstücke, wische dann den Küchentisch ab, ein Resopaltisch, die Platte grau gestrichelt mit weißem Grund. Wenn Rosa den Tisch abwischte, sagte sie: pflegeleicht.

---

1 Thomas Bernhard: Frost. 1963

Sie wiederholte dieses Wort gern, betonte alle drei Silben, als schmecke sie die ab, sprach das ch kehlig, das Wort passte nicht zu ihr, nicht zum Dialekt des Innergebirges. Sie hatte dieses Wort gesprochen, als verschaffe es ihr Zugang zur modernen Zeit. Aus der alten Zeit ist in der Küche nur der Sparherd geblieben.

Vor längerem schon habe ich Tonpapier in unterschiedlichen Farben in Rosas Haus gebracht. Nach dem Frühstück hole ich das Papier aus der Lade unter dem Wohnzimmersofa und schneide auf dem Küchentisch Bögen in gleichem Format, schneide auch eine Pappschablone, ziehe darauf eine Linie, markiere sieben Punkte, loche sie mit einer Ahle und übertrage die Lochung randseitig auf die Bögen. Mittig aufs Deckblatt schreibe ich mit Filzstift: Meine Toten. Weil ich von dem Weg geträumt habe, den mein Vater Kaspar oft mit mir gegangen war, beginne ich mit einem Bogen für ihn. Später will ich auf die erste Seite den Stammbaum schreiben, damit man leicht den Überblick über die Personen bekommt. Man? Ich mache mich lächerlich. Ich habe weder Geschwister noch Nachkommen. Ich bin der letzte Schwedenreiter. Wie die alpenländischen Grastrocknungsvorrichtungen, nach denen wir heißen, in den siebziger Jahren des zwanzigsten Jahrhunderts ausstarben und in den neunziger Jahren durch die Plotteggs ersetzt wurden, wird mit mir, Paul Schwedenreiter, das Geschlecht der Schwedenreiter aussterben. Dennoch will ich mein Totenbuch schreiben. Nach mir wird niemand mehr da sein, der meine Geschichte und die meiner Vorfahren kennt. Das Buchformat erscheint mir nun recht groß, ich teile den Bogen in drei Spalten und ziehe Querlinien, oben die Überschrift:

Kaspar Taghauber
geboren am 17. Februar 1940 in Hinterstumpf, gestorben am 3. November 2005 in Zach, Urnengrab auf dem Zentralfriedhof Wien.

Kaspar erzählte wieder und wieder ein und dieselbe Geschichte. Er sagte, das sei die Geschichte von den zwei Sätzen.

Zwischen zwei Sätzen

Der erste Satz lag unter dem Brot. Rosa fand ihn, während sie das Frühstück für sich und für Kaspar gerichtet hat. Kaspar kam später in die Küche. Wie jeden Tag gab sie ihm die Milch und das Brot. Von dem Satz unter dem Brot merkte er nichts. Er war vier Jahre alt.

In Rosas Haus im Graben ist Kaspar aufgewachsen. Sie war seine Großmutter und war für ihn zugleich seine Mutter. An dem Morgen mit dem Brotsatz war sein Vater Felician nicht da. Er war viele Wochen zum Gesundwerden bei ihnen gewesen. Er hatte Granatsplitter in seinem Rücken und genug vom Krieg. Rosa sagte Kaspar nichts von dem Brotsatz, er hätte ihn nicht verstanden oder ihn womöglich einem Besucher gesagt: Ich bin nicht mehr eingerückt.

Felician hat den Satz auf einen Zettel geschrieben, den legte er unter das Brot und ging fort. Mehr wusste Rosa nicht. Auf einer Alm wird er wohl sein, dachte sie und wusste, sie durfte nicht nach ihm fragen. Auf den Almen lebten einige versteckt, die nicht mehr einrücken wollten. Vielleicht ist er aber dort, wo er aufgewachsen ist, dachte sie; das war nicht bei ihr, sie war Magd gewesen und hatte ihren unehelichen Felician nicht aufziehen können.

In den nächsten Monaten kamen Gendarmen, suchten auf den Almen, fragten in den Häusern. Einmal kamen sie den Männern, die nicht zurück in den Krieg gingen, so nah, dass die den Gendarmen vor die Füße schossen. Die Gendarmen holten Verstärkung, ein Bataillon, angeblich. Ein ganzes Bataillon SS gegen sieben Fahnenflüchtige, gegen fünfzig Häuser und viele Heustadeln.

Draußen war es noch dunkel, als sie alle aus Rosas Haus jagten. Vor dem Haus standen Männer mit Gewehren. In der Morgendämmerung fragten sie Kaspar auf der Brücke über den Bach nach seinem Vater. Er verstand weiter nichts, er war vier Jahre alt. Dann kam der Mann, der sonst in einem Buckelkorb die Ferkel von einem zum anderen Bauernhof brachte; der setzte ihn in diesen Buckelkorb und trug ihn zu seiner Mutter, sie war mit Felician nicht verheiratet und Magd im nächsten Dorf.

Kurz bevor die SS kam, waren die Männer auf der Alm gewarnt worden. Felician flüchtete zu einem abgelegenen Stadel. Drinnen hob er etwas Erdreich aus, flocht über die Mulde ein Gitter aus Haselruten und kauerte sich hinein. Jemand warf Heu auf die Haselruten. Die feuchte Hitze nahm Felician den Atem. Jemand schob ihm nachts durch ein heimliches Schlupfloch Wasserflaschen und Brot. Die SSler durchbohrten jeden Heustadel in der Gegend mit eigens zugerichteten Lanzen. Die Haselruten schützten Felician. Ihn fanden die SSler nicht, aber sie fanden Rosa.

Sie kam nach Salzburg zur Gestapo, dort wurden viele gefoltert, manche haben dann geredet. Von der Gestapo kam Rosa in ein Konzentrationslager. Dort habe sie der Alltag zerschlagen, sagte sie. Wenn sie im Lager Fieber hatte, hätten ihr die Gedanken an Kaspar die Kraft gegeben zum Appellstehen. Appell, das war Stundenlangstillstehen, Sichnichtrühren im Sturm, Stillstehen im Hagel, Stillstehen im Donner, Stundenhabtacht im Eis, Stundenlangnichtumfallen im Regen, Stillstehen im Blitz, Stundenlangnichterfrieren im Schnee.

Als sie aus dem Konzentrationslager zurückkam, nahm sie Kaspar wieder zu sich. Ihr Haus im Graben war ausgeraubt, kein Sessel mehr da, nicht einmal das Brotkörberl haben ihr die Plünderer gelassen, nur der Sparherd stand noch da. Kaspar war fünf Jahre alt, er freute sich über Rosa, ihn störte nicht, dass sie am Anfang nur Stroh auf dem Boden hatten zum Liegen.

Die Gemeinde half Rosa nicht, weil sie eine Politische gewesen wäre. Das Land unterstützte sie nicht, weil ihr Sohn Felician als Deserteur gegen das Regime verstoßen habe, gegen ein Verbrecherregime zwar, aber immerhin Regime.

Schleich di du Bettlerbua. Der zweite Satz. An einem sonnigen warmen Tag, der Krieg ist vorbei, fliegt der zweite Satz von einem Bauernhaus herunter über den steilen Hang. Kaspars Satz. Ein Bauer rief ihm den Satz zu, als er mit Rosa auf dem Weg zu dessen Hof war. Jeden Tag haben sie bei den Bauern um Essen gebettelt, damit sie nicht verhungerten. Felician konnte ihnen nicht helfen. Bis zu seinem Tod lebte er mit der Schande des Dagegengewesenseins, des Feigseins, ließ sich selten blicken, war die ersten Jahre nach dem Krieg mehr im Wald als unter Menschen.

Als Kaspar acht Jahre alt war, schrieb Rosa an ein Ministerium in Wien: ... musste ich ins KZ Lager ... unterdessen wurde das Häusel ausgeplündert. Bitte um Gnade mich anzuhören und eine Beihilfe zu gewähren, ich bin arm, mein Mann ist vermisst.

1964 wurde Kaspar 24 Jahre alt, und Rosa bekam zum ersten Mal vom Land eine Opferfürsorgerente. Weder Rosa noch Felician erlebten eine Rehabilitierung.

Ich lege den Stift nieder. Es ist Nachmittag geworden. Ich spüre die Schreibhand. Kaspars Geschichte weckt das Uralte in mir, die Angst des Großvaters, seine Lebensscham. Felician desertierte und überlebte die Nazizeit, sein weiteres Leben lang hat er sich geschämt. Geschämt fürs Desertieren, geschämt fürs Überleben, geschämt fürs AufderWeltSein. Sogar für seinen Namen schämte er sich. In der Stumpfer Gegend heißen Männer seines Jahrgangs Josef, Johann, Jakob. Rosa hatte ihren Sohn nach einem Feriengast genannt. Felicians Angst und seine Scham gingen in meinen Vater, und mit ihnen bin ich aufgewachsen. Meine vielen Erwachsenenjahre kommen nicht und nicht auf gegen die wenigen Kinderjahre. Ich weiß oft nicht, gehört das Uralte dem Großvater, dem Vater oder mir selbst. Jetzt meldet es sich als Zappeln im Kopf, als Hitze am Hals, als Scheu, am Abend hinauf nach Stumpf zu fahren, wo die Ortschronik vorgestellt wird. Sie ist aber der Grund, warum ich diesmal ins Innergebirge gekommen bin, sie war gestern vor der Abreise aus Wien der Grund meiner Vorfreude. Die Chronik wird auch von Rosa und Felician berichten, die Chronik wird ihre Rehabilitierung sein. Morgen schon werde ich den Chroniktext in mein Totenbuch übertragen.

Ich rufe Wawi an, frage, ob sie am Abend zur Veranstaltung gehe. Bist verrückt, sagt sie, ich muss meine Nerven schonen. Aber es wird doch die Chronik präsentiert, sage ich. Ja eben, erwidert sie.

Barbara Selb, genannt Wawi, ist wie mein Vater Kaspar 1940 in Hinterstumpf geboren. Ihr Vater ist desertiert, er hat aber die Nazizeit nicht überlebt. Er hat nicht einmal ein Grab. Keiner der ermordeten Deserteure hat ein Grab.

Vor längerer Zeit war Wawi beim Pfarrer, bat um eine Erinnerungstafel für ihren Vater auf dem Stumpfer Friedhof. Der Pfarrer war zuerst nicht abgeneigt. Als sie ein zweites Mal bat, lehnte er aber ab, weil ihm zu Ohren gekommen sei, Wawis Vater wäre ein Frauenheld gewesen. Wawi wurde zornig, fragte, ob die Kinderschänderpriester auf katholischen Friedhöfen nicht begraben würden, ob die Toten ein Moralzeugnis, ein polizeiliches Führungszeugnis brauchten, bevor ein katholischer Friedhof sie aufnähme, ob er als Pfarrer die Hand ins Fegefeuer legen würde für alle Toten auf dem Stumpfer Friedhof, ob dort nicht auch lägen die SSler, die illegalen Nazis, Hochverräter ihrer österreichischen Heimat, ob das für ihn die Ehrenmänner wären? Der Pfarrer sagte, sie solle augenblicklich verschwinden. Wawi wohnte schon lange nicht mehr in Stumpf. Das Leben hatte sie klug gemacht und ihr die Angst genommen. Nach dem Zornausbruch beim Pfarrer war sie aber lange krank gelegen. Zur Präsentation der Ortschronik will sie nicht kommen, sagt sie jetzt noch einmal am Telefon und fragt, ob ich denn die Stumpfer immer noch nicht kenne?

Am Abend nehme ich das Auto und fahre über Zach, die weniger steile Strecke, nach Stumpf. Woher kommen wir, wohin gehen wir? fragt ein Plakat vor dem Schloss und kündigt die Vorstellung der Chronik als den Höhepunkt der Bildungswoche 2008 an. Ich bin spät genug gekommen, die Gäste sind schon im Saal, ich muss niemanden begrüßen.

Woher kommen die Hoteliersfamilien, die Gastwirtsfamilien, die Bürgermeister ex und vize, die Lehrer und Lehrerinnen, die Trachtenmusikantinnen, die Chefs des Kulturclubs und Tourismusvereins samt

Gattinnen, woher kommen die Stumpfer Gemeinderäte, die Veranstalter der Literaturtage, die Grafenfamilie und die Pfarrer, und wohin gehen sie? Gehen sie denn? Sie haben doch Platz genommen, sie sitzen, sitzen seit Jahren, sitzen seit Jahrzehnten, sitzen aus, sind sitzen geblieben und werden sitzen bleiben bis alles ausgesessen und Gras gewachsen ist. Ich stehe hinten im Rittersaal an einer Säule und kann mich zum Sitzen nicht entschließen. Ich stehe. Bin ich der Aussteher? Ich schaue in die Rücken der Aussitzer. Ich hätte Wawis Rat folgen und zuhause bleiben sollen. Die Chronik hätte ich mir nach Wien schicken lassen können. Zwischen den Honoratioren sehe ich Pertil, Cornel Pertil. Er sitzt dort, als wäre er ein Stumpfer, als gehöre er zu den Sitzern, den Aussitzern. Woher kommt Pertil in Jeans und Trachtenjanker, wohin geht er?

Ein Exbürgermeister referiert über Themen der Chronik. Sie reichen von den jungsteinzeitlichen Funden, über Flora und Fauna, den Tourismus, die Gesundheit bis zum Sport, nicht zu vergessen das Brauchtum. Und dann das Lob, wechselseitig das Schulterklopfen. Zum Abschluss Violine und Klavier, österreichisch-japanisches Duo, Achsenmächte, denke ich unwillkürlich. Ich bin als Erster draußen beim Büchertisch, drinnen klatschen noch und noch die Aussitzer. Ich kaufe die Chronik und gehe schnell zum Auto, gehetzt, als liefe ich davon. Die Kriegszeit, sage ich mir unterwegs, die Kriegszeit hat der Bürgermeister nicht erwähnt, und dieser Satz wiederholt sich ohne mein Zutun während der Fahrt in den Graben hinunter.

In Rosas Haus will aus mir dann kein Summen, keine Litanei, eher muss ich mich zwingen zu atmen. Den

Sparherd heize ich nach und beginne zu lesen. Spät in der Nacht hole ich noch einmal die Bögen des Totenbuchs hervor. Ich lege einen Bogen für Rosa an.

Rosina Mitterseiler, genannt Rosa
in Hinterstumpf geboren am 24. Mai 1901 und dort am 2. November 1991 gestorben. Urnengrab auf dem Zentralfriedhof Wien. 1944 wurde sie in Hinterstumpf verhaftet, weil ihr Sohn Felician desertiert war. Sie kam in ein Konzentrationslager nördlich von Berlin. Im April 1945 befreiten Soldaten der Roten Armee das KZ, und Rosa kehrte im Sommer 1945 nach Hinterstumpf zurück.

Liebe Rosa, schreibe ich, als schriebe ich ihr einen Brief, zum ersten Mal bin ich einverstanden, dass du gestorben bist und den heutigen Tag nicht erlebt hast. Die Stumpfer haben ihre Chronik vorgestellt. Sie findet kein gutes Wort für dich und die anderen, die in dunkler Zeit das Selbstverständliche getan haben.

Rosa ist meine Urgroßmutter, ich empfinde sie als Mutter. Meine echte Mutter, Maria Schwedenreiter, einmal zumindest sei sie genannt, starb bei meiner Geburt, von ihr habe ich nur den Familiennamen und zwei Fotos. In unserer Sippe haben alle den Familiennamen von der Mutter.

Wenigstens die Nächte versuchten die Dienstboten an sich zu reißen. So pflanzte man sich von einer Finsternis in die andere fort.[2]

Rosa hat mich aufgezogen. Ihr einziger Sohn Felician ist nicht bei ihr aufgewachsen, weil sie Magd war, sie

---

2 Franz Innerhofer: Schöne Tage. 1974

durfte ihren unehelichen Sohn auf den fremden Hof nicht mitnehmen. Aber meinen Vater Kaspar und mich zog sie auf. Für Kaspar wie für mich war Rosa Mutter, vielleicht empfand ich Kaspar deshalb manchmal eher als Bruder, denn als Vater.

Ich nehme einen neuen Bogen Tonpapier, für Felician, noch in dieser Nacht will ich ihm schreiben.

<u>Felician Mitterseiler</u>
geboren am 18. April 1920 in Hinterstumpf, gestorben am 2. November 1988 in Zach. Urnengrab auf dem Zentralfriedhof Wien.

Lieber Felician, rede ich ihn an, als könnte ich Zwiesprache mit ihm halten. Ich brauche jetzt die Nähe meiner Toten. Lieber Felician, zum Glück bist du tot. Seit heute hat Stumpf eine Ortschronik. Sie nennt dich und die anderen, die den Frieden und die Heimat zurück haben wollten, eine gefährliche Landplage. Euretwegen wäre Stumpf fast deportiert worden.

An Kaspar schreibe ich: Lieber Vater, heute verstehe ich, warum du ungern in Stumpf gelebt hast, warum ihr alle nicht im Innergebirge begraben sein wolltet. Ich will hier auch nicht begraben sein.

Ich rolle die Bögen des Totenbuchs in Zeitungspapier und schiebe sie in meinen Rucksack. Meret hat noch keine Seite in dem Totenbuch. Ich weiß nicht, ob ich über sie je etwas in dieses Buch schreiben werde. Sie ist lebendig in mir, ich will sie nicht verlieren.

Spät in der Nacht rufe ich Pertil an.

Bist du ein erfolgreicher Unternehmer aus Stumpf?

Pertil: Ja was redest denn du?

Hast du den Inhalt der Chronik vor der Veröffentlichung gekannt?

Pertil: Ist das ein Verhör?

Ein Informationsgespräch. Im Gegensatz zu dir stammen ich und meine Familie aus Stumpf, genauer gesagt aus Hinterstumpf.

Pertil: Seit wann bist du so heimatverbunden und feindlich gegen Auswärtige?

Seit Auswärtige mithelfen, meine Leute öffentlich in den Dreck zu ziehen.

Pertil: Die Landeshauptfrau gratuliert zu unserer Chronik, ihr Vize lobt das Buch als Vorbild.

Und du?

Pertil: Ihr aus den Städten wisst nicht, wie auf dem Land die Uhren gehen.

Von wem redest du? Welches Jahr haben wir?

Pertil: Es ist halb zwei Uhr früh. Ruf mich wieder an, wenn du deinen Rausch ausgeschlafen hast.

Er bricht das Telefongespräch ab. Ich steige in den Dachboden, öffne die Luke, recke den Kopf und den Hals in die Nachtluft. Mein Seifenblasenvorrat neben dem Rauchfang wird nicht ausreichen. Auch wenn ich den ganzen Vorrat verpaffte, werde ich nicht ruhiger werden. Der Stumpfer Sog hat mich erfasst. Ewig empört will ich nicht leben. Das Seifenblasenröhrchen stecke ich zurück in die Schachtel, gehe hinunter, beginne zu packen und mache das Haus winterfest, das Moped muss zurück in die Hütte. Kurz vor Sonnenaufgang schließe ich die Haustür, steige ins Auto und fahre bis zur Abzweigung.

Zu Fuß geht man von Rosas Haus bis zur Abzweigung eine halbe Stunde.

Als Schüler ging ich diesen Weg fast jeden Sonntag durch die Wintermorgendunkelheit. An der Abzweigung blieb ich stehen, stützte mich auf die Skistöcke und wartete. Die Abzweigung ist ein Verkehrsknotenpunkt: Unten mündet unser Grabenbach in die Zach, mittig trifft die schmale Straße auf die alte kurvige, und über der Abzweigung ist zweigleisig die Bahntrasse in den Hang geschnitten. Meistens waren meine Zehen eisig, wenn auf der alten kurvigen Straße der VW-Bus endlich aus Pinz kam, Skiklub stand auf dem Bug. Ich schob die Ski und die Stöcke in den Kofferraum, stieg ein, nickte zum Fahrer, der unser Betreuer war, nickte zu dem Burschen aus Pinz, der schon im Bus saß. Drinnen war es noch kalt, der Atem beschlug die Scheiben. Wir fuhren hinauf nach Hinterstumpf, dann über die weitläufige Hochfläche nach Stumpf, der Bus füllte sich mit Skiern, Stöcken und morgenmundfaulen Burschen, an der Ostseite des Plateaus fuhren wir hinunter ins Tal. In Zach blieben wir stehen vor der Post. Dort wartete niemand, der Bus stand eine Weile. Jeden Sonntag dasselbe, sagte ich, auf uns wartet keiner, aber der Pertil kommt, wann er will. Da humpelte Cornel Pertil daher, in offenen Skischuhen, über jeder Schulter ein Paar Ski und mit Stöcken, verstaute alles im Kofferraum, stieg ein, murmelte eine Entschuldigung und störte sich nicht weiter an dem Murren, das ihm entgegenschlug. Wer das Rennen gewinnt, das allein zählt. In dieser Saison des Schülercups hatte Pertil noch jedes Rennen gewonnen.

Wir gingen mit den Betreuern die Rennstrecke ab, die Piste war eisig, wir schliffen die Kanten nach. 72 Schüler waren am Start, um neun begann der erste Durchgang, ich hatte einen guten Lauf, Pertil führte. Im zweiten Durchgang kam Nebel auf. Nach dem Rennen standen wir in der Vorhalle des Gemeindeamts herum, warteten auf die Siegerehrung, warfen uns Halbsätze zu übers

Rennen. Den Tee und die Würstel zahlten wir selbst. Am frühen Nachmittag waren die Ergebnislisten da, schreibmaschinengetippt und auf Matrize abgezogen. Der Renndirektor überreichte Pertil den Pokal, die Betreuer gratulierten. Ich war ausgeschieden, Torfehler.

Als Pertil in Zach den Bus verließ, war es wieder dunkel geworden, über das Plateau fuhr der Bus nach Westen, hinunter zur Abzweigung, und ich ging zu Rosas Haus. Während der Woche traf ich nach der Schule die meisten der Burschen aus dem Bus auf der Piste oder beim Lift. Rennläufer durften die Lifte gratis benutzen. Pertil trainierte auf anderen Hängen, er lebte in Zach. Am folgenden Sonntagmorgen wartete ich wieder an der Abzweigung. Ich bewunderte Pertils Slalomtechnik und hätte ihn gern besiegt, vor allem aber hätte ich gern bessere Ski und, wie er, ein zusätzliches Paar gehabt. Einige Jahre zuvor hatte ich mir zu Weihnachten sehnlich den Blizzard Epoxi gewünscht, der erste Ski aus Fiberglas, elastisch, zartkantig und kontrollierbar wie keiner zuvor. Ein paar Tage vor dem Fest suchte ich etwas in der Hütte neben Rosas Haus, da sah ich ein Paar neue Ski stehen. Ich sah diese Ski, schaute noch einmal hin, sank dann auf einen Bretterstapel nieder und weinte, und ich muss zugeben, bitterlich. Mit diesem Ski, namenlos und aus Holz, würde ich nie schneller sein als Pertil. Er fuhr jede Saison das neuste Modell, sein Vater arbeitete für den Grafen. Meine Träume von einer Karriere als Rennläufer ersoffen in der Hütte neben Rosas Haus.

Ein Lastwagen hupt hinter mir, ich bin an der Abzweigung in eine andere Zeit geraten. Nun fahre ich nicht Richtung Pinz, sondern nehme den Weg nach Osten, am späten Vormittag bin ich in Wien.

Weichenherz

In Wien fahre ich zu unserer Wohnung in der Ambachstraße. Sie entspringt im Wiener Wald und mündet in eine Tankstelle. Früher floss durch diese Straße ein Bach, er läuft seit langem in Rohren unter dem Asphalt, das Grundwasser drückt aber an die Oberfläche, sobald neue Fundamente ausgehoben werden. Dann stehen Keller oder Garagenrohbauten unter Wasser, Mauern an Nachbargrundstücken drohen einzustürzen. Die Ambachstraße hat fast dreihundert Nummern und viel mehr Häuser. Neben einstöckigen Winzerhöfen und alten Villen stehen Gemeindebauten und Genossenschaftssiedlungen, deren zahlreiche Gebäude als Stiegen bezeichnet und unter einer Hausnummer zusammengefasst sind. Vor fünfzehn Jahren bin ich mit Meret in die Ambachstraße gezogen. Ich komme aber aus dem Graben und werde ein Ambacher nie sein, auch wenn mir vor kurzem ein Wiener lachend das Recht auf einen Heimatschein zusprach. Entfernt von Hinterstumpf, bleibe ich ein Dortiger, was ich in der Ambachstraße sehe und höre, vergleiche ich mit Hinterstumpf. In der Ambachstraße kenne ich manche Nachbarn vom Sehen, grüße die eine oder den anderen und werde von einigen zurückgegrüßt. Ihre Geschichten kenne ich nicht, ich lebe hier unbehelligt. Unsere Wohnung in der Ambachstraße betrete ich ohne Singsang, ohne Litanei, die Wände fangen nicht jedes Geräusch ab, ein Nachbar könnte mich hören. Seit mehr als zwei Jahren lebe ich hier allein und sage wie je: unsere Wohnung.

Aus dem Rucksack ziehe ich das Tonpapier und lege es auf Merets Schreibtisch. Die Bögen verrutschen, und unwillkürlich kommen meine Hände aneinander. Mit einem Mal sind sie auffällig diese meine Hände, sonst selbstverständlich und deshalb unbeachtet. Da vermisse ich Merets Hände. Sie waren klein und knochig, aber die Handflächen? An der Innenseite der Finger bilden sich beim Abbiegen der Gelenke kleine Hautzelte. Sie schauen aus wie Münder, sagten wir. Wie liefen Merets Lebenslinien? Ich trage kein Bild ihrer Handflächen in mir. Und die Fußsohlen? An ihre Zehen erinnere ich mich, manchmal hatte ich sie im Mund. Aber ihre Fußsohlen? Ihr Fußgewölbe streifte die Wölbung der Erde und war unter dem Himmelsgewölbe. War. Jahrelang haben wir einander an den Händen gehalten, sind Bauch an Rücken eingeschlafen, und ich erinnere mich nicht an ihre Handlinien, nicht an ihre Fußlinien. Am linken Mittelfinger hatte sie die Narbe von der Gartenschere. Seit Meret tot ist, löst sich im Graben der Singsang aus mir, und in der Ambachstraße schieben sich zwischen meine Gedanken Pausen; Momente und Miniaturen der Vergangenheit werden bedeutsam.

Meret hörte ich, bevor ich sie sah. Ich wohnte in Wien in einem Hinterhaus. An diesem Abend waren viele Fenster zum Innenhof geöffnet. Aus einem der Fenster kommt in mein Zimmer Gesang, leicht, lakonisch, fast beiläufig singt die Stimme einer Frau. *There is a crack, a crack in everything / that's how the light gets in.*[3] Ich wünschte, diese Stimme möge singen und singen, nie verstummen. Mit diesem Lied fühlte ich mich gemeint, bildete mir ein, dieses Lied könne nur

3 Text und Musik: Leonard Cohen: Anthem, 1992

mir, Schwedenreiter, gelten, mir, Brückenmeister. Von Rissen, die nicht Fehlstellen, sondern Lichtfugen sind, singt die Stimme. Unversehens wird sie rau und drängt sich nicht auf. Nah dieser Stimme will ich leben, sie will ich tagein tagaus hören. Aus welchem Fenster kommt das Lied? Nicht einmal über das Stockwerk bin ich mir sicher.

Im Innenhof hörte ich diese Stimme nicht wieder. Monate später ging ich zu einem Konzert in einem kleinen unbequemen Lokal in der Nähe meiner Wohnung. Auf der Bühne stehen ein Kontrabassist, ein Gitarrist und eine schwarzhaarige Frau. Sie trägt ein ärmelloses Sommerkleid, schwarz mit weinroten Strichen, schwarze Strumpfhosen und die Schuhe im Rot des Kleidmusters. Sie beginnt ohne Begleitung und ohne Mikrofon zu singen, leicht, lakonisch. *The birds they sang / at the break of day / start again.*[4]

In den ersten Jahren nannte mich Meret Liebellchen und sagte lachend, sprich nur ein Wort, dann wird meine Seele gesund. Ich will mit dir über das Zwischenuns sprechen, sagte sie. Mit Worten will ich dich finden, sagte sie, und du wirst mich finden. Ich finde leichter Töne, erwiderte ich. Ich komme aus dem Graben, dort sind Worte rar. Mit einem Lahmen willst du auf dem Hochseil tanzen. Ja, sagte sie, mit dir will ich tanzen.

Wir schwiegen viel und oft sangen wir miteinander. Unser Singen zähle ich zu unserem Schweigen, könnte aber ebenso gut sagen, beides war Teil unseres Gesprächs. Im Schweigen waren unsere Blicke und Gesten, in das Singen kam oft Lachen. Unsere Nähe brauchte ich nicht prall von Worten. Mit Meret war ich

4 Text und Musik: Leonard Cohen: Anthem

einverstanden, nichts an ihr wünschte ich mir verändert, ich schaute sie gern an. Sie nahm mir nicht übel, wenn ich auf ihre Wortsehnsucht antwortete: Nach der Balz schweigen die Vögel. Schon Anfang Juli wird ja der Wald stimmlos, im August ist mir an dumpfen schwülen Tagen die Waldstille mitunter unheimlich. Auch wenn wir viele Stunden stumm miteinander verbrachten, hatten wir nach unserem ersten gemeinsamen Jahrzehnt doch alles gesagt, was zwei Leute einander sagen können, und zogen uns ohne Groll ein wenig voneinander zurück, lebten Seite an Seite, und die wortlosen Stunden wurden Stunden für sie und für mich, wir gingen unseren Gedanken nach, dachten wenige zu Ende, machten Pläne oder beträumten unser Leben. Seit je konnten wir die Gedanken des anderen erraten, und nach und nach geschah es häufiger, dass wir zum gleichen Satz gleichzeitig ansetzten und ihn nicht zu Ende sprachen, weil unser Gelächter solche Gleichzeitigkeit abbrach.

Als ein Befund zeigte, dass Meret voraussichtlich nicht viel Lebenszeit blieb, suchten wir von neuem nach Worten für das Unsichtbare zwischen uns, das uns einte und selig stimmte. Ihre letzten Lebenswochen waren unsere innigsten. Als ihr das Sprechen mehr und mehr Mühe bereitete, blieb ich an ihrem Bett, wenn ich meine Hand von ihrer löste, antwortete ihre Hand mit einem leichten Druck. Ich übernachtete bei ihr im Spital. An einem der Tage, an denen ich mir einbilde, ich lebe ewig, werde immer über Wiesen und durch Wälder schlendern, bin unsterblich, an einem solchen Tag im Frühjahr stirbt Meret.

Unsere Räume in der Ambachstraße und die Dinge weichen jäh vor mir zurück. Sie verlieren ihre Ausstrahlung, erkalten. Leere. Dunkles Eis. Selbst der Wald, aus dem unsere Straße entspringt, wird öd. Lange bleibe ich ohne Worte. Mein Selbstgespräch verstummt. Manchmal wühle ich meinen Kopf in Merets flauschigem Winterrock. Eine Nacht verbringe ich in ihrem Kleiderkasten, dort ist noch ihr Geruch. Die Blüten draußen und das Gezwitscher bedrücken mich. Es kommen Tage, da wird meine Sehnsucht ein Körperschmerz. Ich verdunkle die Räume, nur nachts öffne ich die Fenster und lasse erst am Ende des Sommers manchmal Licht ein.

Der Morgen nach meiner Rückkehr aus dem Hinterstumpfer Graben ist kalt und wolkenschwer. Ich öffne die Tür zur Brückenmeisterei. Über diese Türschwelle sollte nur Schwedenreiter treten, Paul sollte ich hinter mir lassen, draußen lassen, Paul darf ich erst nach getaner Arbeit wieder sein. Als läge über der Schwedenreiterhaut eine Paulhaut, die ich vor Beginn der Arbeit wie einen Neoprenanzug abstreifen könnte. Oder ist es gerade umgekehrt, liegt die Paulhaut körpernah und darüber ziehe ich an fünf Wochentagen die Schwedenreiterhaut? Ich trage noch mein Nachtgesicht, unöffentlich, versehrt von den Stunden in Stumpf, die Packnacht im Graben versteift meinen Nacken, mein Totenbuch ist nicht geschlossen. An dieser Schwelle bin ich einen Augenblick nicht mehr Paul und noch nicht Schwedenreiter, gefährdet wie ein Krebs, der sich häutet. Ich nestle, wo nur, nach meinem Brückenmeistergesicht. Aus dem Kaffeemaschinenraum kommt der Morgengeruch in den Vorraum und das Männergemurmel. Mein Blick fällt auf ein verblichenes Poster, das ich lange nicht angeschaut habe. Meret holte mich manchmal in der Brückenmeisterei ab und spottete über dieses Poster. Zwei junge, leicht bekleidete Frauen in einem Cadillac Cabriolet, auf dem Rücksitz steht ein Spaniel, seit Jahren grätscht eine der Frauen ihre Beine aus der offenen Wagentür. Warum hängt ihr so was auf? fragte Meret, und ich hatte keine Antwort. In diesem Morgenmoment möchte ich das Poster herunterreißen, weil mich seine Billigkeit kränkt, ausgesetzt wie ich bin zwischen meinen Gesichtern.

Ich bin gern Brückenmeister. Ich arbeite draußen, über der Stadt und unter ihr, an den Bauwerken, die alle benutzen. Wir Brückenmeister sind die Hausmeister der Stadt, auch wenn meine Kollegen diese Bezeichnung nicht gerne hören, ohne uns funktioniert die Stadt nicht. Schauten die Stadtbenutzer von ihren Mobiltelefonen einmal auf, könnten sie mich bei der Arbeit sehen, unter einer Brücke, auf der Stiege zur U-Bahn bei der lockeren Stufe, in dem Fußgängerdurchgang unter der Bahntrasse. Von den Brücken überblicke ich Wasserläufe, Autodächer und die Weichenherzen, wo aus einem Weg zwei werden und aus zwei Wegen wieder einer wird.

Böhm, einer der Lehrlinge, hat mich durch den Türspalt gesehen, schiebt die Tür mit seinem Fuß ganz auf und fragt, Kaffee? Er drückt mir die heiße Tasse in die Hand, bevor ich noch den Anorak ausgezogen habe. Er trägt schon die rote Warnweste mit den grünen Streifen und eine Arbeitshose in diesen Farben. Im Büro stehen die Kollegen herum, manche lehnen an den Schreibtischen, um die Kaffeemaschine wartet ein kleiner Kreis. Wenige Männer werden den Tag hier drinnen verbringen, die meisten werden in einer Viertelstunde unterwegs sein zu schachtstillen Gängen unter der Stadt, zu Brücken oder Viadukten der Stadtbahn. Unsere Berufsgesichter sitzen noch nicht recht, wir hängen an unserem Kaffee oder tun beschäftigt. In dieser kurzen gemeinsamen Morgenzeit meiden wir überflüssige Worte. Nur ein Vorlauter, bekannt als Schwätzer, kommentiert irgendein Fußballspiel. Aus dem Nebenraum ruft hin und wieder der Bürochef eine Anweisung zu uns herüber, manchmal kommt sie nicht beim richtigen Team an. Wir gehen nie allein zu unseren Arbeitsplätzen draußen, mindestens sind wir zu zweit.

Ich werde an diesem Tag mit Bündt, einem Ingenieur, und mit Böhm unterwegs sein. Der Chef hat die Beschreibungen der Bauwerke vorbereitet. Bündt blättert schon in den Mappen, sie enthalten die Geschichte der Bauwerke, die wir untersuchen werden. Obenauf liegt die Geburtsurkunde, sie nennt das Baujahr, die Adresse und die Maße, das Gewicht und die verwendeten Baumaterialien. Dahinter findet sich die Krankengeschichte, nach jeder Untersuchung tragen wir dort die festgestellten Schäden ein und die notwendigen Reparaturen. Baupläne und Fotos vervollständigen die Beschreibungen.

Böhm hat unsere leeren Kaffeetassen in die Spülmaschine gestellt, Bündt steckt die Mappen in seine Aktentasche. Als hätte jemand einen Befehl gegeben, brechen alle Kaffeetrinker nun fast gleichzeitig auf, im Vorraum wird es einen Moment lang körpereng, dann sind wir draußen auf dem Parkplatz. An diesem Tag bin ich der Chauffeur unseres Transporters. Sein Kofferraum ist ein Werkzeugraum, möbliert mit beschrifteten Regalen und Laden. Böhm hat hier für die Ordnung zu sorgen. Er sitzt schon im Wagen, schwermütig scheint er mir in diesen Tagen, vielleicht weil unentschieden ist, ob er in der Firma bleiben kann, er hat seine Lehrabschlussprüfung nicht bestanden. Bündt schließt die

Wagentür, ich drehe den Zündschlüssel. Weder Bündt noch Böhm seufzen, als wir auf der Hauptstraße Teil des Autoheeres werden. Es ist uns von jedem Arbeitsmorgen vertraut, Stoßstange an Auspuff neben Stoßstange an Auspuff schiebt sich der Kakerlakenteppich zäh und stetig voran. Wir brauchen Autos, damit wir an unsere Arbeitsplätze kommen.

Nach dreißig Minuten erreichen wir unser erstes Ziel, ich parke den Transporter in der Nähe eines Tunneleingangs. Bündt fotografiert in der Mappe die Geburtsurkunde, wirft einen Blick auf die Pläne, hängt sich die Kamera um und klopft auf seine Anoraktasche, ob die Taschenlampe drin ist. Böhm öffnet das Heck, reicht jedem einen Zollstock und nimmt sich den langstieligen, kurzkopfigen Hammer, den Kübel und die Schaufel, steckt Filzstifte in die Tasche. Die Rissbreitenmesser, kaum größer als Bankomatkarten, tragen wir in unseren privaten Geldbörsen. Risse nehmen wir ernst, wenn sie breiter als 0,4 Millimeter sind. Zu dritt gehen wir auf ein paar Jugendliche zu, die unter dem Vordach des Tunneleingangs Geheimnisse austauschen. Sie entspannen sich, als sie verstehen, dass wir nichts von ihnen wollen, sondern nur durch die Tür, vor der sie stehen.

In Stumpf habe ich die Schlosserlehre gemacht. Am Ende der Lehrzeit konnte ich Zäune, Schlösser, Gitter und Geländer anfertigen und wollte das nicht mein Leben lang tun. Ein Bekannter erwähnte, in Wien suche eine Firma Leute für die Brückenmeisterei, ich bewarb mich. In den Jahren zuvor hatte ich mir gewünscht, von Stumpf wegzukommen und nicht gewusst, wie ich das beginnen könnte. Als aus Wien die Zusage kam, fiel mir der Abschied schwer. Rosa, Felician und Kaspar fuhren mit mir zum Bahnhof Zach. Auf dem Bahnsteig drückte mir Kaspar wortlos hundert Schilling in die Hand. Rosa hielt meinen Arm, ich stieg ein, draußen winkte Felician, ich war achtzehn Jahre alt.

In Wien bekam ich in der Nähe der Firma eine Dienstwohnung. Ich ging mit meinem Koffer hin. Ich war angemeldet, ein Verwalter erwartete mich. Er zeigte mir ein Zimmer mit Küche, hier würde ich wohnen, das Klo war auf dem Gang. Ich kannte niemanden. Im Graben hatte ich mich oft empfunden als einen an den Unterschenkeln Gefesselten, wie ich manchmal Ziegen an ihren Beinen mit einem Strick an einen Pfahl gefesselt gesehen hatte. Gefesselt war ich in meinem Inbild auch an den Armen gewesen, sie waren mir auf den Rücken gebunden. Erst Jahre später verstand ich, dass ich den Graben verlassen musste, weil ich nicht gestempelt leben wollte, wie mich die Stumpfer gestempelt hatten, als Urenkel der KZlerin Rosa, als Enkel des Deserteurs Felician. Ich liebte Rosa, liebte Felician, mein Stolz auf sie wurde entschiedener, je mehr ich verstand. Doch ich musste mein eigenes Leben finden. In Wien, glaubte ich, würde ich wie ein weißes Blatt Papier sein, als machte mich die Stadt nicht nur frei von Stempeln, sondern schenkte mir eine zweite Geburt. Und doch war mein erstes Wiener Jahr ein dunkles. An manchen Tagen schabte die Einsamkeit mein Brustbein. In diesem ersten Wiener Jahr sprach ich nur das Notwendigste. Ich fand keine Verbindung zu den anderen Bewohnern im Haus, und meine Kollegen sprachen andere Dialekte als ich. Wir sahen einander an fünf Wochentagen, wussten, wer am besten schweißt, und fragten nicht, wer schlaflos verzweifelt war oder verliebt. Ich machte in der Firma die Ausbildung als Brückenschlosser, danach wurde ich Brückenmeister. Später lernte ich Leute aus anderen Berufen kennen, und in unserer Firma änderte sich vieles. Da bemerkte ich, wie selten Freude an der Arbeit ist. Ich habe noch gelernt, zwei Metallteile nicht mit einer Schweißnaht, sondern mit Nieten zu verbinden, und ich könnte einen Nietkopf selbst formen, aber das Werkzeug, das ich dazu brauche, gibt es nicht mehr. Wird an einem denkmalgeschützten Bauwerk eine Niete brüchig, ersetze ich sie durch eine Schraube und überklebe die mit einem Scheinnietkopf. Schon lange nieten wir nicht mehr, sondern schweißen. Auf meiner Visitenkarte steht *International Welding Specialist*, das versteht in Stumpf kaum jemand, ich habe mir nach dem Schweißwerkmeisterkurs diese Visitenkarte nicht gewünscht, die Firma hat sie für mich gedruckt, das Englische ist in die Firma eingedrungen, wie es überall eindringt.

Als ich in der Wiener Firma zu lernen anfing, halfen die meisten Kollegen einander, wir besprachen in den Pausen die Tagesaufgaben, wenn nötig hat einer den anderen auf Fehler hingewiesen, dadurch haben wir gelernt. Während der Arbeit hielten wir zusammen, nach Dienstschluss ging jeder seiner Wege. Seit einiger Zeit sitzt in der Firma einer, dessen Beruf heißt *Performance Manager*. Von Bauwerken hat er keine Ahnung, er berechnet nur, wie viel Zeit und Ressourcen wir für jeden Arbeitsschritt brauchen. Freude an der Arbeit ist kein Thema, Effizienz zählt. Er ist besser bezahlt als jeder Brückenmeister, allerdings nicht besonders beliebt, manche sagen, früher hätte man solche Leute Schnüffler genannt. Seit er da ist, behält jeder seine Meinung für sich. Der *Performance Manager* ist einer der Gründe, warum ich lieber bei den Weichenherzen bin als im

Büro. Ich bin effizient, wenn ich meine Arbeit gern mache, die Manager glauben an Zahlen.

Schwedenreiter, sagt jetzt Bündt, sperr endlich auf. Wir duzen einander mit den Familiennamen. Ich ziehe den Schlüsselbund aus der Anoraktasche, Böhm drückt das schwere Gittertor auf, und wir betreten die asphaltierte Straße in den Tunnel. Nahe dem Eingang stinkt Urin, leere Bierdosen kugeln herum. Nach der ersten Biegung kommen wir in stille dumpfe Staubigkeit, die Jugendlichen am Eingang des Tunnels haben uns schon vergessen. Kein Stadtbewohner kommt je auf den Gedanken, dass wir unter die Stadt gehen, unter oder über der Stadt arbeiten, damit sie die ganze Stadt ungefährdet benützen können und unkompliziert wie einen Laptop. Angstlos überqueren sie Brücken, vertrauen, dass Stiegen nicht einbrechen. Stürzt, selten einmal, ein Bauwerksteil, ist so ein Sturz den Zeitungen eine Meldung wert. Ohne uns und unseren Beruf zu kennen, vertrauen die Stadtbewohner darauf, dass wir unsere Arbeit sorgfältig erledigen. Nein, weniger noch. Die Stadtbenutzer gehen davon aus, müssen davon ausgehen, dass die Stadt funktioniert. Wer dafür sorgt, darf ihnen gleichgültig sein, von unserem Dasein und unserem Tun wissen sie selbstverständlich nichts. Meinen Beruf kennt außer meinen Freunden und den Kollegen niemand.

Schwedenreiter, tu doch weiter, sagt da Bündt, träumen kannst zuhause. Ich gehe voraus, weil ich den Tunnel, seine Besonderheiten und Veränderungen am besten kenne. Darauf verlässt sich Bündt. Die Brücken und Tunnels, für die ich zuständig bin, untersuche ich wie ein Hausarzt, handnah: mit Augen, Ohren, Händen. Ob eine Niete rostig ist, höre ich, wenn ich sie mit dem kurzkopfigen Hammer anschlage.

Ich weiß nicht, ob mein Arbeitsplatz nachbesetzt werden wird, wenn ich in Pension gehe. Unsere Forschungsabteilung will schon seit einiger Zeit Kameras, Glasfasersensoren und Ultraschall zu Monitoringsystemen zusammenfassen. Die könnten Tunnels und Tragwerke lückenlos kontrollieren. In einer Zentrale säßen dann nur noch wenige Techniker, die automatisch übermittelte Schadensmeldungen vom Computerbildschirm ablesen und weiterleiten. Weder Augen noch Hände würden dann noch Brücken abtasten, Risse wahrnehmen. Manche Manager glauben vorbehaltlos an die neuen Systeme. Bündt hält sie nur zur Überwachung von Baustellen für sinnvoll. Ich bin befangen, weil ich gerne Brückenmeister bin, und ich bezweifle die lückenlose automatisierte Erfassbarkeit der alten Bauwerke, ich kenne ihre schwer zugänglichen Winkel und Nischen.

In meinen ersten Wiener Jahren betrat ich in der schönen Jahreszeit oft ein umzäuntes, brachliegendes Gelände. Nahe dem Zaun liegt ein Haufen, ein riesiger Haufen schwarzer und weißer Telefone mit Wählscheiben, Telefonhörern und Kabeln. Unter freiem Himmel liegen die Telefone, und manchmal hat sich der Haufen von einem auf den nächsten Besuch vergrößert. Hinter dem Telefonhaufen ist Gestrüpp, Wildwuchs, Grün, Undurchdringliches. Alte Apfelbäume stehen da in nie gemähtem Gras, als wären hier früher Gärten gewesen, wilder Wein und Efeu überwuchern Zwetschken, Waldreben ranken sich um Dirndlbäume, Baumschwämme hängen orange an Birnbäumen. Nachtkerzen, Königskerzen, Brennnesseln, Karden, Kletten, Schierling und Brombeeren wachsen, und bald sehe ich die Spuren anderer Leute. Obdachlose haben hier Bretterverschläge und höhlenartigen Unterschlupf, geschützt mit Ästen und Kabeln.

Ich fand alte Bretter, brachte Nägel, Hammer, Säge und baute einen Regenschutz. Ein Brett montierte ich als Regal und stellte darauf ein weißes Wählscheibentelefon vom Haufen.

Als der Holunder blüht, koche ich auf einem Campinggaskocher Holunderblütensaft, ähnlich dem, den Rosa gekocht hat. Sie hat aus Löwenzahnblüten und Zucker etwas zubereitet, was sie Honig nannte, Saubleamihonig hat sie gesagt und damit das Holunderwasser gesüßt. Dieses Löwenzahnaroma fehlt meinem Getränk, und doch gehen meine Gedanken in Rosas Küche, sobald der Holunderduft aufsteigt. Rosa hat die Wurstblätter auf meinem Teller abgezählt, mehr als drei bekam ich nur zum Geburtstag, und sie keppelte, wenn ich die Bananenschalen nicht auskratzte, wie sie es tat, und dieses Bananenweiß nicht aß. Sie fauchte, ich sei ein Verschwender und wisse nichts von Not, wenn ich mich weigerte, aus einer Konserve einen Rest zu löffeln, auf dem weißes wattiges Zeug blühte.

An einem nassen Tag hocke ich unter meinem Regendach, als Sandalen und eine schwarze Kutte in mein Blickfeld kommen. Franziskaner, denke ich, was sucht der hier? Da beugt sich die Gestalt in der Kutte unter mein Vordach und ich schaue in ein junges, ziemlich freundliches Gesicht, keine zehn Jahre älter als ich kann der Mönch sein. Bruder Leo, sagt er und streckt mir die Hand entgegen. Ich hätte heute Schlafsäcke, sagt er. Verwundert antworte ich: Ich hab doch eh ein Zimmer. So kamen wir zögernd ins Gespräch. Beide sprachen wir stockend die Sprache der Einsamen, die sich nur selten reden hören. Einmal kam Leo mit einem Buch.

Er drückt es mir wortlos in die Hand. *Frost.* Ich war noch kein Leser. Abgesägte Beine interessierten mich nicht und unter Bernhards außerfleischlichen Tatsachen konnte ich mir nichts vorstellen. Leo zuliebe las ich weiter. Auf der zweiten Seite fand ich den Halbfünfuhrzug, Felswände, eine Schneeschauflergruppe, solche Bilder waren mir vertraut, und ich legte das Buch nicht mehr weg, weil darin meine Gegend ist.

Der Telefondschungel wurde meine Wiener Basis, einige Fußballfelder hätten auf dieser Gstätten Platz gefunden. Erst als ich sie ziemlich gut kannte, erweiterte ich nach und nach meinen Radius und begann, die Stadt zu erkunden.

Mein erster Gang in die Innenstadt führt zum Graben. Meine eigene Adresse hatte achtzehn Jahre lang Im Graben geheißen. Den Hinterstumpfer Graben trennt aber mehr als eine Präposition vom Wiener. Diese beiden Gräben sind österreichische Gegenpole. Der Wiener gilt als DerOrt schlechthin, KeinOrt ist der Hinterstumpfer. Ich stehe gegenüber dem Café Europa, in einem Augenwinkel sehe ich den Dom, im anderen die Felsfänge im Graben von Hinterstumpf.

Im Graben ist mehr Schlucht als Tal. Durch den engen Talboden quetschen sich die schmale Straße und die Strommasten neben den Bach. Die Masten der Hochspannungsleitung zerschneiden die Hänge, den Wald, und als Kind las ich aus ihnen und den metallenen Felsfängen das Versprechen, irgendwo müsste ein anderes, größeres Leben sein, mit Leuten, Technik, Lärm und Musik. An dem Bach hat Rosas Mann, der nicht Felicians Vater war und aus dem Krieg nicht zurückgekommen war, das kleine Holzhaus gebaut. Manchmal beginnt im Graben ein Hang ein wenig zu gehen. Schiefer bröckelt leicht, rutscht ab, reißt dann manches mit sich. Die Hänge ragen beidseits steil auf, drei Monate lang reichen die Sonnenstrahlen nicht zum Holzhaus.

Im Graben ist eine Verlassenheit. Im Sommer bin ich mit Meret an heißen Tagen manchmal den steilen Weg hinter dem Haus hinaufgegangen. Wir kamen an einzeln stehenden Höfen vorbei, manche haben einen hölzernen Glockenturm auf dem Dach. Die Glocke hat früher die Leute von den Feldern zum Essen ins Haus gerufen, wir sahen auf einem Traktor einen Mann ins Mobiltelefon sprechen. Zu diesem Weg war ich als Jugendlicher gerannt, wenn Rosa aus der Haustür trat und rief, sie halte den Knall meines Fußballs auf der Hüttenwand nicht mehr aus, ich solle verschwinden. Ich schnappte dann den Ball, lief das steilste Stück des Weges mit dem Ball in der Hand hinauf, sobald das Gelände flacher wurde, begann ich den Ball zu gaberln, bis ich den Tagsee erreicht hatte, durfte er nun weder Boden noch Hände berühren, musste tanzen auf meinen Fußspitzen. Woche um Woche trainierte ich auf diesem Weg und war später Kapitän der Pinzer Jugendmannschaft. Mit Meret gingen wir von Rosas Haus eine halbe Stunde hinauf zum Tagsee, verschwitzt kamen wir an, legten das Gewand ab und schwammen hinüber zum Schilfufer. Später lagen wir im Vogelbeerschatten.

An der ersten Abzweigung des Tunnels bleibt Bündt stehen, und ich weiß, welche Frage er stellen wird, seit Jahren untersuchen wir gemeinsam Bauwerke. Wo sind wir? Von ihm habe ich gelernt, mich in einem weit verzweigten Tunnelsystem so zu orientieren, dass ich den Weg hinaus auch ohne Plan finde. Bündt legt in seiner Vorstellung ein Koordinatensystem über das Gelände und setzt diesen ersten Abzweigungspunkt des Tunnels in den linken oberen Quadranten. Wir werden den Tunnel und seine Seitenschächte im Uhrzeigersinn abgehen. Ich bringe den Tunnelabzweigungspunkt in Verbindung mit einem oberirdisch gelegenen Orientierungspunkt, den Bündt kennt, und antworte: Wir stehen unter der westlichen Garageneinfahrt. Bündt macht an dieser Stelle sein erstes Orientierungsfoto, geht rasch bis ans Ende des Seitenschachts, nimmt unterwegs den Gesamteindruck des alten Schachts wahr, fotografiert am Schachtende zur Orientierung die groß handgeschriebene Nummer, wendet sich um und geht langsam zurück. Auf dem Rückweg lässt er das Licht der Taschenlampe über die Decke gleiten, fotografiert Risse, Versinterungen, Rost. Orientierungsfoto auf dem Hinweg, Schadensfoto auf dem Rückweg, diesem Prinzip folgt er während der ganzen Untersuchung. Mithilfe dieser strikt eingehaltenen Fotofolge wird er später die Schadstellen im Tunnelplan verorten. Böhm und ich bleiben in seiner Rufweite, jeder macht seine eigenen Beobachtungen. Mit Kreide hat jemand auf die Tunneldecke Frohe Ostern geschrieben. In einer Ecke liegt eine zerbrochene Christbaumkugel.

Nach Merets Tod sagten meine Kollegen, ich solle reisen, mich ablenken. Aber ich wollte mich nicht ablenken. Ich wollte in Merets Zimmer sein, Stück für Stück ihre Dinge betrachten, in die Hand nehmen, wenden, herausfinden, wo sie welchen Stein und welche Muschel gefunden haben könnte. Ich wollte mich in ihrem Nähkorb vergraben, als käme ich damit ihr nah und nicht ihren Nadeln. Sobald ich ihr Zimmer verließ, war Leere. Ich versuchte mich in die Zeit zu versetzen, als ich Meret weder gekannt noch vermisst hatte, nur eine Innigkeit hatte ich vermisst, mir kein Gesicht vorgestellt. Nun wollte ich in meinen Erinnerungen ungestört sein. Ich ging oft zu unserer Lieblingsbank, von der wir auf den Gegenhang geschaut und den Vögeln zugehört hatten. Mit Meret sollte ich dort nie mehr sitzen? Das begriff ich lange nicht.

Die Bäume und Felsen der Steilhänge im Graben sind mir seit der Kindheit vertraut, an den Fassaden des Wiener Graben glitt ich bei meinem ersten Gang ab und wusste noch nicht, dass ich mein Leben lang an den Wiener Fassaden abgleiten würde. Ich ging über den Kohlmarkt zum Michaelertor und suchte nach Gerechtigkeit, Weisheit und Stärke, Rosa hatte gesagt, dort seien sie zu finden und dabei gelacht. Irgendeine Wienfahrerin musste ihr von dieser Figurengruppe erzählt haben. Rosa war nördlich von Berlin im Konzentrationslager gewesen, doch ihre österreichische Bundeshauptstadt, dieses Wort sprach sie, wie das Wort pflegeleicht, getrennt in seine Silben, un se re Bun des haupt stadt, kannte sie nur von Ansichtskarten. Unter der Michaelerkuppel fehlt mir Rosa, und als ich auf den Heldenplatz komme, schrumpfe ich zu einem Däumling. Die Wiener Herrschaftsbauten machen Leute klein. Ich ging zurück zum Telefondschungel.

In dessen Nähe hatte ich ein Haus gesehen mit der Aufschrift Musikschule der Stadt Wien, davor ging ich öfters auf und ab und erwähnte es bei meinen Besuchen im Graben mit keinem Wort. In Stumpf hatte der Kapellmeister mich gratis unterrichtet. Nachdem ich Bruder Leo eine Weile kannte, erzählte ich ihm, ich wolle in dieses Haus, und er ging mit mir in das Sekretariat der Musikschule. E-Bass wollte ich lernen. Der werde in einer anderen Schule unterrichtet, erfuhren wir.

Gruppenunterricht sei billiger als Einzelstunden, ich könnte ein Instrument mieten und Sozialermäßigung beantragen. Ich brauchte dann noch lange, bis ich mich in der anderen Musikschule anmeldete. Ich stand aber oft vor Geschäften, die Musikinstrumente anboten, im Branchenverzeichnis des Telefonbuchs hatte ich die Adressen ausfindig gemacht und kannte bald alle diese Schaufenster.

Einmal wird eine Auslage neu dekoriert, in die ich oft lange geschaut habe. Der Geschäftsinhaber scheint mich vom Sehen zu kennen, er bittet mich in seinen Laden, nachdem er das Schaufenster geschlossen hat. Mir ist peinlich, dass der Mann mich anspricht, und gleichzeitig freue ich mich, denn er hat mich gesehen. Er schaut jünger aus als mein Vater und älter als Leo. Er reicht mir kaum bis zur Schulter und hat einen breiten Mund. Sein lockiges Haar trägt er ziemlich lang und hat oft damit zu tun, Strähnen zur Seite zu schieben, die ihm die Sicht nehmen. Er führt mich zu den Zupfinstrumenten, als kenne er meine Vorliebe. Er weist mit der ausgestreckten Hand zu den E-Bässen, nimmt einen herunter, drückt ihn mir in die Hand. Ich beginne einen Stumpfer Rhythmus zu zupfen und der Mann lacht. Wo kommst her? duzt er mich und sagt, ich bin Bruno, Bruno Quendl. Hätte Quendl es darauf angelegt, eine Kundenbeziehung anzubahnen, so ist sie ihm mit dieser Begegnung gelungen. Als ich das Geld für meinen ersten E-Bass erspart habe, trage ich es zu ihm, und kaufe, so lange er das Geschäft hat, meine Instrumente, Noten und das technische Zubehör bei ihm, denn da ist Bruno Quendl längst mein zweiter Wiener Freund geworden und hat mir die Musiklokale gezeigt, das waren in meinen ersten Wiener Jahren nicht viele.

Manchmal spiele ich mit Kollegen aus der Musikschule in kleinen Lokalen. Bei diesen Auftritten verdienen wir nichts, aber die Zuschauer nehmen uns wahr. Mich erstaunt das, und irgendwie befriedigt es mich, vielleicht weil ich in meinem Alltag unsichtbar bin, unter der Stadt und bei den Brücken.

Mein erster Wiener Freund blieb Leo, er hat mich zum Leser gemacht. Nach *Frost* brachte er mir *Schöne Tage*, dann *Fasching*, später *Über die Dörfer*. Jeder dieser Texte hatte auf unterschiedliche seltsame Weise mit meinem Leben zu tun. Als wollte Leo mit diesen Texten meine Einsamkeit anreden, als wollte er mir sagen, du bist nicht der einzige Außenseiter in diesem Land. Leo brachte mir nie die Bibel, aber einige alte Texte, wie den *Anton Reiser* oder den *Grünen Heinrich*, ich bezog alle auf mich. Leo zeigte mir das Kunsthistorische Museum und die Volkshochschulen. Dort besuchte ich Kurse über den Zweiten Weltkrieg, in einem Kurs war sogar von Deserteuren die Rede. Erst viele Lesejahre und Gespräche später brachte manchmal ich Leo ein Buch mit. Er lebte da längst nicht mehr im Kloster, sondern in einer Einsiedelei auf dem Land. Die neue Übersetzung der *Brüder Karamasov* lobte er. Er habe das Buch vor Jahrzehnten gelesen, sagte er und ausgerechnet er, der Mönch, als den er sich offenbar weiter verstand, auch wenn er den Orden verlassen hatte, habe sich nicht an Dostojewskijs Frage erinnert, Was ist ein Mönch? *Immer noch Sturm* schenkte ich ihm.

Alle sechs bis acht Meter hat die Tunnelwand einen Längsriss, harmlose Zwangsrisse, die der Beton zu seiner Ausdehnung braucht, weil hier Fugen fehlen. Wo der Riss verläuft, war vorher ungetrennte verbundene Fläche. Der Riss ist eine bleibende örtliche Trennung.

Von Pertil bin ich örtlich und womöglich bleibend getrennt.

Nach einem unserer Auftritte stehe ich an der Bar des kleinen Lokals, als jemand mich von hinten an der Schulter greift und eine Männerstimme fragt, Schwedenreiter? Ich hatte Pertil viele Jahre nicht gesehen und erkenne ihn nicht gleich. Was machst denn du hier? fragt er, und ob ich nicht Schlosser sei? Ja da schau her, der Slalomkönig, erwidere ich, macht sich immer noch wichtig. Dann trinken wir Bier. In Zach hatte Pertil Umgang mit seinen Kollegen aus dem Gymnasium. In unserer Familie war nie jemand auf den Gedanken gekommen, einer von uns könnte aufs Gymnasium gehen. Pertil studierte nach der Matura in Wien Forstwirtschaft. Mich nimmt er zum ersten Mal auf dieser mickrigen Bühne wahr. In der Bundeshauptstadt, betont er. Musik ist Musik, sage ich, egal wo wir spielen. Er kam dann öfters, wenn ich irgendwo in Wien mitspielte.

Auch von Meret bin ich bleibend örtlich getrennt, doch zwischen uns ist kein Riss, in den Träumen erscheint sie mir lebendig und nahe. Ich bin Brückenmeister und deshalb Rissexperte. Sehe ich ein Bauwerk, nehme ich unwillkürlich dessen Risse wahr. Sie bilden sich zuerst an Stellen, die wir schwach nennen. Risse sind Signale, zeigen Ermüdung des Materials. Das Material ermüdet, wenn es nicht in Ruhe gelassen, sondern ungleichmäßig belastet wird. Ermüdung entsteht durch Lastwechsel, würde Bündt sagen und könnte den Ermüdungslastfall berechnen, nach welcher Anzahl von Lastwechseln ein Windrad oder eine Brücke bricht. Auch Spannungskonzentrationen verursachen Risse. Pertil hatte mir nach Rosas Tod ein Gespräch mit den Stumpfer Honoratioren vermittelt, das war missglückt.

Da war mehr als ein Haarriss zwischen uns entstanden, wir trafen einander danach lange nicht mehr. Wird das Material entlastet, breitet sich der Riss nicht weiter aus, sagen Ingenieure. Als ich Pertil wiedersah, verloren wir keine Worte über das missglückte Treffen und fanden nach einiger Zeit einen Ton, der freundschaftlich klang. Im Beton wird der Riss breiter und tiefer, wenn die Belastung zunimmt. Ich denke an die Präsentation der Chronik in Stumpf, denke an das Telefongespräch in der Nacht mit Pertil. Ist ein nicht mehr zu schließender Trennriss entstanden?

Vom Schachtende kommt langsam Bündt, bleibt stehen, macht ein Schadensfoto, feuchter Plafond, auf dem Boden eine Pfütze. Bei einem unserer ersten gemeinsamen Inspektionsgänge erzählte Bündt, er habe sich seit je für Brücken begeistert. Warum? fragte ich, und Bündt antwortete nicht mit Worten, sondern machte mit beiden Händen eine nach vorn greifende Bewegung. Diese Sprache ist mir vertraut. Bündt plant und konstruiert Tunnels oder Brücken und er untersucht die Bauwerke mit uns Brückenmeistern. Er hat enormes bautechnisches Wissen, jahrelange praktische Erfahrung, und ich habe ihn mit seinem Können nie prahlen gehört. Er nähert sich seinen Aufgaben besonnen, während der Untersuchung erklärt er unerfahrenen Begleitern geduldig, was er sieht, warum er etwas tut, so wie er jetzt Böhm zu sich winkt, ihn auf die zwiebelschalendünnen weißlichen Häute hinweist, die den Beton an mehreren Stellen überziehen, und ihn fragt, ob das Versinterungen seien und wenn ja, ob man in diesem Stadium bereits etwas gegen sie unternehmen sollte? Dann weist er auf eine Stelle, wo der Verputz fehlt, nackter Beton ist sichtbar. Falls du nicht wüsstest, wendet er sich wieder zu Böhm, wann dieser Tunnel gebaut wurde, könntest du hier die ungefähre Bauzeit ablesen. Der Beton enthält eigroße Kiesel, viel Feinanteil und wenig Zement, bindet schlecht, derart mieser Beton wurde zwischen 1960 und 1980 erzeugt.

Brückenmeister sind Hausmeister, sind Hausärzte, sind Detektive, sind Rissspione. Aus sichtbaren Schäden leiten wir deren verborgene Ursachen ab.

Meine Gedanken gehen in die Zeit, als ich meinen Zivildienst in den Ambulanzwagen der Wiener Rettung gemacht habe. Ich bin Pazifist, wegen Felician. In Wien lernte ich einen Schlagzeuger kennen, der nicht nur den Wehrdienst, sondern auch den Zivildienst verweigerte. Ich bewunderte ihn, er musste oft seinen Wohnort wechseln, manchmal verschwand er während eines Auftritts von der Bühne, er riskierte Gefängnis. Ich erzählte ihm von Felician. Für die Totalverweigerung war ich nicht mutig genug. Die Ambulanzwagen führten mich in die dunklen Eingeweide der Stadt. Wir kamen in Wohnungen, aus deren Gang wir zuerst Kartons, Schuhe, Flaschen, Zeitungsstapel räumen mussten, bevor wir eine Trage durchschieben konnten. Ich sah Küchen, in denen sich das gesamte vorhandene Geschirr schmutzig türmte, die Küchenkästchen standen offen leer. Ich zog am helllichten Tag vom Boden der Bahnhofsklos betrunkene Männer auf ihre Füße, sie randalierten oder umarmten mich, wenn ich mit einem Kollegen gemeinsam versuchte, sie aufzurichten.

In der Ambulanzwagenzeit fiel die Schüchternheit von mir ab wie Schorf. Ich kehrte danach zurück zur Ausbildung in die Firma und mietete in einem Hinterhaus meine erste eigene Wohnung, die Dienstwohnung zähle ich nicht als eigene.

Geht Bündt etwas gegen den Strich, benennt er die Sache ohne Umschweife, das nehmen ihm manche Kollegen übel. Nicht ganz bei der Sache heute, Schwedenreiter, sagt er jetzt, alles in Ordnung? In Stumpf galt ich als der Direkte und verlor deswegen Freunde. Tapferkeit vor dem Freund[5] ist in Stumpf kein Wert. Bündts deutliche Äußerungen schätze ich und versuche, meine Aufmerksamkeit dem Tunnel zuzuwenden.

Wir sind in einen Gang gekommen, durch den ziemlich neue Rohre laufen. Sie sind in regelmäßigen Abständen verrostet. Später suchen wir oberirdisch den Verlauf dieser Rohre und finden in den Boden eingelassene Kanalschächte. Ihre Abstände entsprechen denen der Roststellen unten im Tunnel. Böhm öffnet die Kanalschächte, nur einer hat ein Abflussrohr, in den anderen steht randhoch Wasser, das bald seinen Weg hinunter in den Tunnel nehmen wird.

Es ist schon weit über Mittag, als wir wieder in den Transporter steigen und in die Nähe der Stadthalle zu einem Buffet zum Essen fahren. Dort fragt Bündt nach unseren Beobachtungen im Tunnel und an den beiden Brücken, die wir anschließend untersucht haben. Dann essen wir schweigend. Später vergleichen wir im Büro, was wir gesehen, getastet und gehört haben, tragen unsere Beobachtungen in die Krankengeschichten ein. Am Ende steht jeweils die Frage, die Bündt allein beantworten muss: Beeinträchtigt der Schaden die Statik des Bauwerks?

Auf dem Weg nachhause in die Ambachstraße grüble ich noch, ob zwischen Pertil und mir der Ermüdungslastfall eingetreten ist.

---

5 Ingeborg Bachmann: Alle Tage. 1952

Pertil

Dies ist die Mail, die ich einige Tage nach meiner morgenfrühen Abreise aus dem Graben in der Ambachstraße öffnete. Cornel Pertil hat sie an mich gerichtet.

Lieber Paul,

gestern war ich im Graben beim Haus der Rosa, ich wollte mit dir reden. Im Haus brennt aber kein Licht. Wirst lange fortbleiben? So wie du nach dem Treffen mit den Honoratioren lange fortgeblieben bist. Dieses Treffen hatte ich dir vermittelt. Du hast nichts daraus gemacht, beleidigt warst, hast die Tür hinter dir zugeschlagen und bist in die Stadt verschwunden.

Jetzt kommst du her, zur Präsentation unserer Chronik, kommst zum Fest für Stumpf, kommst her und verdirbst uns die Stimmung mit deinem finsteren Blick, deiner schlechten Laune, mit einer stummen Anklage. Deine Empörung lodert, die Untaten der alten Nazis befeuern dich. Hast Du keine Gegenwart, die dich begeistert? Kannst du die alten Geschichten nicht endlich ruhen lassen? Wir schreiben das Jahr 2008. Was willst du denn? Dein Großvater ist einer der wenigen Deserteure aus Stumpf, die überlebt haben. Deine Rosa ist aus dem KZ zurückgekehrt und hatte danach noch viele gute Jahre.

Denkst du nicht an das Leid der Stumpfer Familien? Leid, das die Deserteure heraufbeschworen haben. Sie haben ihre Angehörigen nicht nur ins KZ gebracht, sondern die Familien auf Jahrzehnte zerrissen. Denk doch nur an die drei Häuser. In der Mitte das Haus der Mutter. Als junges Mädchen hat sie ihrem Cousin Wasser in sein Versteck gebracht und kam deshalb ins Konzentrationslager. Rechts und links ihres Hauses stehen die Häuser ihrer Söhne. Die Mutter ist alt, gebrechlich und auf Hilfe angewiesen. Die Söhne besuchen sie aber nie, weil sie den Cousin unterstützt und damit Unglück in die Familie gebracht habe. Diese Familie hat nie mehr zusammengefunden. Und so durchziehen die Risse und der Streit etliche hiesige Familien.

Du glaubst, im Besitz der Wahrheit zu sein. Weil du der Enkel eines Deserteurs bist, glaubst du, das Recht zu haben, für alle Nachkommen der Deserteure zu sprechen. Du lebst aber schon lange nicht mehr in Stumpf. Du kannst unsere Situation überhaupt nicht mehr einschätzen. Diese unselige alte Geschichte lastet auf uns, wir wollen uns von ihr befreien. Doch das geht nicht von heute auf morgen, das braucht Zeit. Vielleicht ist eine wirkliche Erlösung erst möglich, wenn eine neue Generation herangewachsen ist, und keiner der Zeitzeugen mehr lebt.

In der Chronik haben wir einen Zeitzeugen zu Wort kommen lassen, er ist im Innergebirge sehr beliebt, jeder kennt ihn. Er war ein großartiger Geschichtenerzähler. Sogar das Regionalradio hat seine Geschichten gesendet. Natürlich war er ein Nazi. Das weiß hier ohnehin jeder, aber er war auch ein Retter. Es hat zwischen den Nazis eben Unterschiede gegeben, nicht jeder Nazi war ein schlechter Mensch. Diese Unterschiede willst du nicht sehen.

Lieber Paul, du weißt, ich schätze dich, schätze vor allem dein musikalisches Können. Es schmerzt mich, dir sagen zu müssen, du bist stecken geblieben in der Vergangenheit, du bist ein ewig Gestriger, mehr noch als die Leute, die du bekämpfst. Aber du bist auch

Brückenmeister. Versuch doch deinen Beruf einmal bildlich zu verstehen, und bau eine Brücke zu uns. Ich hoffe, wir können bald einmal miteinander reden.

Ich grüße dich freundschaftlich,
dein Cornel

Am meisten störten mich Pertils Wir. Er tat, als wäre er seit je ein Stumpfer gewesen. Er ist in Zach geboren und aufgewachsen, hat in Wien studiert und übersiedelte erst nach seinem Studium nach Stumpf, weil er dort ein Haus geerbt hat. Ich bin in Hinterstumpf geboren, ich habe dort meine Kindheit verbracht und meine Jugend. Pertil bürgert mich aus. Eine Verstoßung. Pertils Sätze bringen mich in die Gefahr, zu einem Lokalpatrioten zu verkommen.

In der Chronik haben wir zu Wort kommen lassen, schreibt Pertil. Hat er denn dort die Macht, zu Wort kommen zu lassen? Hat er mitgearbeitet an der Chronik?

Denk doch nur an das Leid der Stumpfer Familien, schreibt er. Wen meint er damit? Sind meine oder Wawis Familie etwa keine Stumpfer Familien? Haben Rosa und Felician nicht genug erlitten?

Pertils Worte liefern mich der Erinnerung an das Treffen mit den Honoratioren aus. Daran will ich mich nicht erinnern, dieses Treffen will ich vergessen.

1988 starb Felician. Kurz vor seinem Tod sagte er Kaspar, er wolle nicht im Innergebirge begraben sein, sondern in einem Urnengrab auf dem Zentralfriedhof in Wien. In Stumpf wollten sie meinen Namen auslöschen, sagte Felician, in Wien darf mein Name, mein Muttername, überleben. Kaspar erfüllte seinen Wunsch und drei Jahre später den gleichen Wunsch Rosas. Ihre Urne steht neben Felicians.

Einige Zeit nach dessen Tod fragte mich unvermutet Pertil, ob Felician von seiner Desertion erzählt habe. Pertil schien sich mit einem Mal für die Geschichte der Deserteure zu interessieren. Ich war verwundert, denn nie vorher hatte Pertil nach Felicians Geschichte gefragt. Im Jahr nach Rosas Tod schlug Pertil mir vor, die Geschichte der Deserteure den Stumpfer Honoratioren vorzutragen. Er ist mit ihnen bekannt, weil er inzwischen ein geachteter Unternehmer in Stumpf ist, er wolle ein Treffen arrangieren. Mich machte der Gedanke unruhig, vor den Honoratioren zu sprechen. Zwei, drei Großbauern würden kommen, der Lehrer, der Pfarrer, Wirte, Hoteliers, der Arzt, von den Vereinen wären einige dabei. Keine Frau würde an dem Treffen teilnehmen. Stumpf übergeht seine Honoratiorinnen. Ich besprach mich mit Pertil. Du wolltest doch das Vergangene erlösen, sagte er, nur wenn Stumpf seine Vergangenheit aus allen Blickwinkeln anschaue, könne der Ort endlich frei werden, hätte ich gesagt. Ja, so ungefähr hatte ich das gesagt. Das Gespräch mit den Honoratioren sei eine Gelegenheit, meinem Ziel näher zu kommen, ermunterte er mich, und ich machte mich an dem vereinbarten Tag auf den Weg zu dem Gasthaus, wo das Treffen stattfinden wird.

Die Herren sind schon versammelt an dem großen runden Stammtisch, sogar der Graf ist gekommen. Sie nicken mir beiläufig zu, als wäre ich ein Zaungast. Sie lassen Schweinsbraten kommen, Schnitzel und Gulasch. Ich warte vergeblich auf eine Einladung zum Essen und bestelle ein Bier. Das Essen kommt, die Herren scheinen ausgehungert, legen die Joppen ab, sprechen nicht, lockern die Krawattenknoten und essen, als wäre ich nicht da. Nicht den erwachsenen Brückenmeister Schwedenreiter scheinen sie vor sich zu sehen, sondern den Buben Paul in kurzer Hose. Seit je kennen sie mich, haben mir Kopfnüsse verpasst, einer hat mir die Beichte abgenommen, manche haben mich beim Schwarzfischen erwischt, einer hat mich an den Ohren gezogen. Ein Hotelier sagt dann, ich könne jederzeit beginnen, man müsse Zeit sparen. Mir widerstrebt es, zu den Essern zu sprechen, doch der Hotelier fordert mich noch einmal auf.

Ich gebe die Geschichte von den zwei Sätzen, in dieser Geschichte bin ich zuhause, ich habe sie oft genug von Kaspar gehört, an dieser Geschichte gibt es nichts zu deuteln, nichts zu rütteln, glaubte ich. Die Esser hören mir so beiläufig zu, wie sie mich begrüßten. Während ich noch spreche, werfen sie einander schnelle Worte zu: Der Anführer ein Weiberer, genau, Banditen, Viehdiebstahl, Kleinkriminelle, ja, Lumpen. Ich will diese Worte überhören, doch bald spritzen sie wie Wasser aus heißem Fett: Schwarzschlachter, feige Hund, so wars, ja die feigen Hund, Wilderer, richtig.

Die Gegenwart entgleitet mir, ich sehe Rosa vor mir, wie ich sie sah, als Sanitäter an ihr Bett traten. Sie schrie auf, versuchte mit ihren mageren Händen und Füßen die Männer wegzustoßen, schlang dann die Arme um die angezogenen Beine, drehte sich zur Seite und schloss sich zu einem zähen Reifen. Ziehen Sie die Uniformjacken aus, hatte Kaspar den Sanitätern gesagt. Dann lockerte sich der Reifen Rosa und ließ sich aus dem Bett auf die Trage heben. Rosas Bild mischt sich mit einer Kreuztragung, die ich im Kunsthistorischen Museum bei jedem Besuch anschaue, diese Kreuztragung[6] mischt sich mit den Worten, die mir ins Ge-

---

6 Hieronymus Bosch: Kreuztragung Christi, um 1480

sicht schlagen: Landplage, ganz Stumpf deportiert, beim Bahnhof die Waggons, Falotten, feige, so wars nämlich.

Ich spüre eng meine Kehle, greife mir an den Hals, eine Abschnürung, ich gurgle ohne mein Wollen einen Laut hervor, äußere unsinnige Worte, die sich bald zum Schimpf gegen die Ehrenfresser formen. Drohendes Atmen kommt von den Essern. Ich stehe auf, schnaube, mache eine schnell ausholende Armbewegung, stoße meinen Sessel zurück, schnappe meine Tasche und gehe, gehe laut, die Gasthaustür lässt sich leider nicht zuschlagen. Ich habe geschrien, sagte mir später Pertil, was ihnen denn einfiele, über die Opfer herzuziehen, ob die Herren nicht wüssten, dass Stumpf seine Freiheit diesen Opfern verdanke.

Nach diesem Treffen fuhr ich lange nicht nach Stumpf. In demselben Jahr traf ich Meret und dachte nicht mehr an das Treffen mit den Stumpfer Honoratioren. Bei meinem ersten Wiedersehen mit Pertil sagt er, du hast die Chance verpasst, hast uns einen schlechten Dienst erwiesen. Ich weiß nicht, wen er mit uns meint und frage danach nicht. Jahre werde es dauern, bis man über dieses Thema in Stumpf wieder reden könne. Du hast dich benommen wie ein Schulbub, sagt er. Erinnerst du dich nicht, erwidere ich, dass die Helden aus Unsicherheit hervorgegangen sind? Also aus einem Angstzustand, aus Furcht, aus Verzweiflung? Wir brauchen keine Helden mehr, erwidert Pertil, und das hier ist kein Text von Thomas Bernhard, sondern die Wirklichkeit in Stumpf. Ich muss hier leben, weiterleben, ich kann nicht in die Stadt ausweichen wie du. Jeden Tag muss ich den Männern in die Augen schauen, denen du die Tür vor der Nase zugeschlagen hast.

Zugeschlagen eben nicht, erwidere ich, und Pertil versteht diese Bemerkung nicht. Recht hat er mit den Helden. Gleich ob aus Angst oder aus Stolz geboren, sie sind lebensgefährlich.

Mein Treffen mit den Honoratioren fand statt achtundvierzig Jahre nach dem Überfall auf Stumpf. Ist es denn möglich, dass diese Geschichte immer noch wie ein Schwelbrand glost unter dem Ort? Und wie kommt dieses Feuerbild in mein Vokabular? Vorsicht scheint mir geboten. Die Stumpfer Honoratioren haben sich ereifert, als wären sie höchstpersönlich bedroht und zwar unmittelbar. Als wäre gar keine Zeit vergangen seit dem Überfall, der nicht ihren Familien galt, sondern meinem Großvater und meiner Urgroßmutter in einem anderen Ortsteil. Kaspars Geschichte von den zwei Sätzen drehen die Honoratioren mir zu einem Strick.

Bau eine Brücke zu uns, schreibt nun Pertil. Zu wem?

Das Wort, das die Ortschronik gegen meinen Großvater verwendet, hatte ich in Zusammenhang mit den Stumpfer Deserteuren zum ersten und auch einzigen Mal Jahre zuvor bei dem Treffen mit den Honoratioren gehört: Landplage.

Felician, eine Landplage? Gefährlich? Heuschrecken, Ratten und Gelsen hatte ich als Landplage bezeichnet gehört, sogar auch Wildschweine und Algen. Wie können aber sieben Männer innerhalb weniger Monate eine gefährliche Landplage werden? Weil sie durch Einbruch und Viehdiebstähle ihren Lebensunterhalt bestritten, sagt die Chronik und sagt wenige Absätze später, die Deserteure seien meist von Angehörigen versorgt worden. Über Viehdiebstähle berichtet die Chronik auch aus den beiden Nachkriegsjahren, Hunger sei die Ursache gewesen, naturgemäß, heißt es, von Landplage ist da keine Rede. Eine gefährliche Landplage sind für die Chronik nur die sieben Männer, die in Hinterstumpf dem Naziregime den Gehorsam verweigerten.

Die Landplage geistert in den Köpfen der Stumpfer Honoratioren. Zu ihnen eine Brücke bauen? Meint Pertil das?

Auf welcher Seite steht er? Wer ist er? Als sein geerbtes Haus in Stumpf umgebaut war, luden er und seine Frau Catina Meret und mich ein. Er meinte, die beiden Frauen würden einander gut verstehen, weil beide in Schulen arbeiteten. Er wusste nicht, wie Meret unter ihrem Brotberuf litt. Sie hatte Gesang studiert und musste ihr Geld dann in Schulklassen verdienen, die im Musikunterricht ihre Hausübungen für andere Fächer erledigten oder nichtstun wollten.

Pertil zeigte mir seinen Garten, Catina führte Meret durch das Haus. Meret kam dann bald zu uns heraus und blieb während der folgenden Stunden wortkarg. Nach diesem Besuch schlug Cornel gemeinsame Theaterbesuche vor, wollte Skitouren mit uns unternehmen, Wanderungen. An den Tagen, die er vorschlug, hatte Meret stets schon anderes geplant.

Ich wunderte mich, warum Pertil den Kontakt zu uns vertiefen wollte. Ich sah wenige Gemeinsamkeiten, für Theater- und Konzertbesuche hatten wir selten Zeit, weil wir neben unserer Arbeit in kleinen Bands spielten und gut vorbereitet zu den Proben kommen wollten. Die eigene Musik war uns wichtig, manchmal schien es mir, als beneide uns Pertil darum. Er nannte uns Künstler. Fragte jemand nach unseren Berufen, so antwortete ich: Brückenmeister, und Meret sagte: Lehrerin.

Als sie jeden neuen Vorschlag Pertils ablehnte, fragte ich, ob sie die Pertils überhaupt nicht mehr treffen wolle? Ich kannte Catina kaum, erwiderte Meret, und sie erzählte mir bei dieser ersten Einladung, Cornel habe ihr vorgeworfen, sie greife seine Substanz an, weil sie bei einem Frühstück ein halbes Glas Mandelmus aß. Sie hatte das Mandelmus von ihrem Geld gekauft. Zwei Jahre nach diesem Frühstück habe Pertil noch von dem Mandelmus geredet; ihr Lehrerinnengehalt lasse sich zwar mit den Einkünften Pertils nicht vergleichen, aber sie habe doch das Recht, so viel sie wolle von dem zu essen, was sie selbst kaufe, habe Catina gesagt. Sie zwang mir unvermittelt diese ehelichen Niederungen auf, sagte Meret dann, da wollte ich nicht näherhommen.

In den folgenden Jahren traf ich Pertil manchmal allein. Er hatte in Wien berufliche Termine, häufiger kam er aber zu einer Vernissage, einer Theaterpremiere oder einem Konzert. Oft fuhr er anschließend noch nach Stumpf zurück. Er nannte sich selbst Kulturmensch. Von Jahr zu Jahr schien er mehr Veranstaltungen zu besuchen, die Kultur schien ihn vor sich her zu schieben, oder lief er ihr hinterher? Wie er das alles verarbeite, fragte ich ihn einmal, als mich allein seine Aufzählung der von ihm besuchten Veranstaltungen überforderte. Er habe noch nicht die Zeit Schlüsse zu ziehen, erwiderte er, das werde er tun, wenn er in Pension sei. Die Kultur zerstreue ihn, lenke ihn ab. Wovon? Catina begleitete ihn nicht oft, wenn er kulturell unterwegs war, nur zu Ausstellungseröffnungen kam sie manchmal mit nach Wien.

Pertil war auch allein, als wir ihn einmal zufällig bei seiner Jagdhütte in der Stumpfer Gegend trafen. Ich wusste nicht, dass er dort eine Hütte besaß, ich war stehen geblieben, weil der gerodete Südhang vor der Hütte nicht mit Jungtannen, sondern mit Himbeerstauden bepflanzt war.

Wir sehen den nackten Rücken eines Mannes zwischen den Stauden. Ist das nicht Pertil? fragt Meret. Und er ist es. Wir rufen ihm zu, im ersten Moment scheint ihn unser unerwartetes Auftauchen zu stören. Doch schnell fasst er sich, kommt näher und erzählt, er sei an einem Wintertag in seinem Garten gewesen. Weil starker Schneefall vorausgesagt war, habe er die Wurzelscheiben der Ribiselstauden mit Tannenzweigen abgedeckt und die Stauden zusammengebunden, dabei sei der Duft schwarzer Ribisel aufgestiegen, als wäre Juli. Wie berauscht sei er gewesen, Freude habe ihn erfüllt. Seit diesem Tag sei er Beerenfanatiker. Fanatiker, sagt er. Den Südhang vor seiner Hütte ließ er im folgenden Jahr nicht wie geplant aufforsten, sondern pflanzte eigenhändig Himbeerstauden und schwarze Ribisel. Über seine Beerensucht spreche er in Stumpf nicht, und alles was mit den Beeren zusammenhing, wolle er ohne Helfer tun. Im dritten Jahr nach der Pflanzung trugen die Beeren zum ersten Mal reich. Bei der Himbeerernte in glühender Hitze flogen ihm Ideen zu – welchen Schlag er roden lassen würde, welchen verkaufen und welche Waldgebiete er zukaufen würde; seine Kampagne für den kommenden Kammerwahlkampf habe er im Himbeerschlag entworfen. Hier singe er manchmal, sagt er verschämt lachend. Die Preiselbeeren nennt er Rubine des Waldes. Sein Beerenparadies habe er mit Catina teilen wollen, doch sie scheine erfreut über die vielen Stunden und Nächte, die er ohne sie in der Hütte verbringe. Weder frage sie, was er dort tue, noch äußere sie den Wunsch, ihn zu begleiten. Er ließ in die

Hütte eine Dusche einbauen, tauschte den Herd aus, schaffte Einkochgeschirr an. Er brachte Gewand, damit er sich nach seinen schweißtreibenden Arbeiten umziehen konnte. Pertil sagt, er fühle sich beim Ausschneiden der Himbeeren wie ein Gott, der die Welt verjüngt.

Pertil demütigt mich und nimmt die Gemeinde Stumpf samt ihrer Chronik vor mir in Schutz, dann fordert er mich auf, irgendwohin Brücken zu bauen und grüßt schließlich freundschaftlich. Seine Widersprüche sind mir ein Rätsel.

Den Zeitzeugen der Ortschronik nennt er einen Retter. Ein Retter, von dem er gleichzeitig sagt, der sei Nazi gewesen. Ich kenne den Mann nicht, habe seinen Namen in meiner Familie nie gehört. Seine Geschichtchen in der Ortschronik hatte ich überflogen, als peinliche Anekdoten empfunden und nicht weiter beachtet.

Erst Pertils Mail macht mich stutzig. Siebzig Jahre nach dem Anschluss bietet die Gemeinde Stumpf in ihrer Chronik ausgerechnet einem SS-Mann eine Plattform für seine Selbstdarstellung als angeblicher Held und Retter.

Leo hatte mir vor langem gesagt, das Christentum sei unter anderem aus der Erfahrung entstanden, Menschen könnten einander nicht retten. Wären Menschen überhaupt rettbar, dann nicht von ihresgleichen. Von wem sonst, das hatte er offen gelassen. Leo ist kein Missionar.

Glückliche Hand

Wawi ist aus dem Innergebirge nach Wien gekommen. Wir stehen im Vorraum der Ambachstraßenwohnung. Weil wir die Feigen lieben, sagt sie und überreicht mir einen Kranz Feigen. Seit ich allein hier wohne, ist Wawi der erste Gast, der über Nacht bleiben wird, sie bekommt Merets Zimmer. Am Nachmittag muss ich arbeiten. Wawi bleibt gern allein in der Wohnung, sagt sie, sie wird sich von der Reise ausruhen und will einiges lesen.

Am Abend komme ich von der Arbeit zurück. Wawi sitzt am Küchentisch und schneidet die Feigen in dünne Scheiben.

Die Helden ins Kröpfchen, murmelt sie, die Feigen ins Töpfchen, die Feigen ins Kröpfchen, die Helden ins Töpfchen.

Ich stehe an der Küchentür, höre ihr Gemurmel, da erst bemerkt sie mich.

Hallo Paul, sagt sie, ich mach eine Nachspeise. Sie hat meine Bücher und ihren Lesestoff vom Küchentisch auf die Eckbank gestapelt, die Küche duftet nach Suppe. Lange hat diese Küche nicht mehr geduftet, wenn ich nachhause kam.

Wirst du mich morgen begleiten? fragt Wawi.

Ich habe mir für den folgenden Tag Urlaub genommen, das weiß sie und will sich doch noch einmal versichern, morgen nicht allein zu sein.

Morgen feiern wir das Fest der Feigen, sagt sie.

Hör schon auf mit deinen Feigen, erwidere ich, ich mag sie gar nicht so gern.

Was, du magst sie nicht? fragt sie und erwartet nicht meine Antwort. Süß und saftig ist das Feiglein, summt sie, süß und saftig, beiß hinein.

Nach dem Essen nimmt sie von der Eckbank ihren Lesestoff, zieht einige Papiere heraus und liest vor:

Der Richter: Fahnenflucht! Warum?

Jakob: Ich hatte Heimweh.

Der Richter: Verabscheuungswürdig.

Jakob: Ich hatte Angst vor dem Sterben.

Der Richter: Feig! Todesstrafe.

Auf meine Frage, was das für ein Text sei, klappt Wawi ihre Papiere zurück auf die erste Seite. Feldurteil im Namen des Deutschen Volkes, liest sie vor, gefällt im September 1944 in Salzburg vom Feld-Kriegsgericht der Division 418. Vier Tage vor Jakobs zwanzigstem Geburtstag hat ihn der Richter Dr. Krepper zum Tod verurteilt. Neben dem Richter haben Hauptmann Jeniczek und Obergefreiter Friedl als Beisitzer an dieser Verurteilung zum Tod teilgenommen, Kriegsgerichtsrat Dr. Voggenberger war Vertreter der Anklage. Das Todesurteil genügte den Juristen nicht, mit seinem Leben soll Jakob auch die Wehrwürdigkeit verlieren, urteilten sie. Selig, sagt Wawi dann, selig sind die Feigen, denn ihrer ist das Friedensreich.

Jakob war der jüngste der Stumpfer Deserteure, sage ich, vier Jahre jünger als Felician. 1938, bei der Volksabstimmung in Hinterstumpf, war er noch ein Kind, gehörte nicht zur Nazipartei.

Jakob hatte keine Vorstrafe, als er zum Tod verurteilt wurde, sagt Wawi. Die Volksabstimmung in Hinterstumpf hatte nur zwei ungültige Stimmen, alle anderen waren für den Anschluss. Unter den Jastimmern müssen auch spätere Deserteure gewesen sein, Jakobs

Stimme war nicht darunter, denn er war, wie du sagst, bei der Volksabstimmung noch nicht wahlberechtigt.

Zur Präsentation der Ortschronik war Wawi im Jahr zuvor nicht nach Stumpf gekommen, obwohl sie nicht weit weg lebt. Nach Wien ist sie gereist, weil sie dabei sein will, wenn der Nationalrat über einen Gesetzesentwurf debattiert, der rückwirkend alle Urteile nazideutscher Militär- oder SS-Gerichte aufhebt.

Ab morgen wird es sein, als wären die Urteile nie gefällt worden, sagt sie. Der Nationalrat wird die Urteile der Krepper & Co. aus der Welt schaffen, tilgen. Ab morgen werden alle Deserteure schuldlos sein, nicht amnestiert, sondern rehabilitiert, unschuldig wie je. Niemand wird mehr sagen dürfen, sie wären Diebe gewesen, niemand wird mehr sagen dürfen, sie wären eine gefährliche Landplage gewesen. Die Helden ins Töpfchen, die Feigen ins Kröpfchen, murmelt sie wieder und steckt eine Feigenscheibe nach der anderen in den Mund.

In diesem Prozess ist nicht Jakob der Feigling, sage ich. Die Herren Kriegsgerichtsräte hatten nicht den Mut, gegen die Unrechtsgesetze zu urteilen, kaltblütig raubten sie aber Neunzehnjährigen das Leben. Mut stelle ich mir anders vor, sage ich.

Wenn ich an meinen Vater und die anderen Deserteure denke, sagt Wawi, weiß ich nicht mehr, was Mut ist und was Feigheit. In meinem Kopf kommt das durcheinander. In Stumpf höre ich, die Deserteure wären feig gewesen, dann höre ich, sie wären zu frech gewesen, sie hätten das Regime provoziert und dadurch Unheil über Stumpf gebracht. Ich weiß nicht, wie das zusammengeht, sagt Wawi. Zwischen Held und Feigling muss etwas Drittes sein. Ich kann das nicht benennen. Die Deserteure liebten das Leben mehr als den Gehorsam, mehr als den Führer. Sie fürchteten das Töten wie das Getötetwerden. Ihr Widerwille gegen den Krieg war stärker als ihre Angst. Ich finde, mein Vater war mutig. Als er umgebracht wurde, war ich vier Jahre alt, sagt sie dann, meine Mutter kam ins Konzentrationslager. Meine Pflegeeltern haben freundlich über meinen Vater gesprochen, sie sagten mir, er wäre erkrankt und dann gestorben. Mit siebzehn Jahren habe ich die Wahrheit erfahren. Er wurde in Mauthausen gehenkt. Nur ein Mal bin ich dorthin gefahren, Jahrzehnte später. An den Jahrestagen seiner Ermordung habe ich mich ganz in Schwarz gekleidet. Lebenslustig sei mein Vater gewesen, das hörte ich von vielen, die ihn gekannt haben. Dann murmelt sie wieder, mit der Feige in der Hand: die Helden ins Kröpfchen, die Feigen ins Töpfchen, die Feigen ins Kröpfchen, die Helden ins Töpfchen.

Fast alle waren im Krieg, bevor sie desertiert sind, sage ich. Der Krieg hat ihnen die Angst vor dem Krieg beigebracht. Felician war jahrelang Soldat. Die Schmerzen haben ihn zum Deserteur gemacht. Robert ist desertiert aus Todesangst. Zuerst gingen sie den Weg, den alle glaubten gehen zu müssen. Unterwegs haben sie gemerkt, so können sie nicht weiter und sind abgebogen vom Weg, den alle gingen. Das nehmen ihnen die Stumpfer übel.

Sie müssen es ihnen übel nehmen, sagt Wawi. Den Nachfahren der gefallenen Soldaten bleibt als Trost ja nur der Stahlhelm auf dem Denkmal. Die Nachfahren verwandeln ihre Gefallenen in Helden, damit sie nicht den Gedanken ertragen müssen, die eigenen

Vorfahren haben sich wie Vieh zur Schlachtbank treiben lassen.

Wir müssen die Helden begraben, sage ich.

Den Heldenfriedhof haben wir ohnehin, lacht sie. Nur unsere mutigen Feiglinge, unsere feigen Mutlinge haben weder Grab noch Gedenkstein.

Trinken wir auf sie, sagt sie dann, weil wir die Feigen lieben.

Am nächsten Tag sitze ich auf der Besuchertribüne des Parlaments neben Wawi. Sie fasst ihre Handtasche fester, wenn ein Rechtsextremer ans Mikrofon tritt. Die Rehabilitierung, sagt einer, könnte bei der älteren Generation das Gefühl erwecken, sie wären die Schlechteren, weil sie nicht desertiert sind.

Ich höre Wawi seufzen, Schauder laufen durch ihren Körper. Sie fürchtet, der Entwurf würde abgelehnt. Schließlich sagt die Präsidentin, er sei angenommen. Wawi kramt ein Taschentuch aus ihrem Mantel. Außer den Rechtsextremen haben alle Parteien dem Gesetz zugestimmt. Wir verlassen das Parlament und Wawi schluchzt auf. Die Freude, sagt sie, die vielen Jahre, und das Dunkel. Dann sagt sie: Jetzt muss sich in Stumpf alles ändern.

Zurück in der Ambachstraße suche ich im Wörterbuch nach Mut. Anfangs sei das Wort neutral gewesen, lese ich, habe lange Zeit lediglich das bewegte Gefühlsleben bezeichnet, die innere lebendige Empfindung im Gegensatz zum Walten des Verstandes oder der Erinnerung. Das Wort habe keine Bewertung enthalten und offen gelassen, zu welcher Seite das Menschenherz sich neigen werde: Feigheit oder Tapferkeit. Im Englischen sei diese Bedeutung im Wort *mood* erhalten geblieben – die innere Stimmung. Erst im 16. Jahrhundert sei die bis heute gültige Hauptbedeutung von Mut entstanden: Beherzte Stimmung gegenüber Wagnis und Gefahr. Weil eine sichere Beziehung des Wortes zu urverwandten Sprachen fehle, lese ich, müsse in dem Wort Mut eine eigenthümliche noch nicht aufgehellte Äuszerung des germanischen Geistes ausgedrückt liegen, sei es nach der kriegerischen, sei es nach der religiösen Seite hin.

Wawi ist ins Land Salzburg zurückgefahren und schreibt, sie rechne jeden Tag mit einem Entschuldigungsschreiben der Gemeinde Stumpf, und sie habe einen Freundinnenkreis für die Hinterstumpfer Deserteure und deren Unterstützerinnen gegründet.

Wawi spaziert mit den Freundinnen um den Moorsee, sie erreichen die Ortsmitte und bleiben vor dem Friedhof beim Kriegerdenkmal stehen. Neben dem Denkmal für die Krieger, schreibt Wawi, wünschen wir uns den Gedenkstein. Ein Bildhauer besichtigt den Platz, vermisst ihn und schickt Wawi einige Wochen später einen Entwurf. Sie beginnt, mit den Freundinnen Geld für den Stein zu sammeln.

Pertils Mail, die er mir nach der Chronikpräsentation geschickt hatte, habe ich nie beantwortet. Nun schreibe ich ihm von dem Gesetz, das alle österreichischen Deserteure rehabilitiert. Seine Mail und die Ortschronik erwähne ich nicht. Ich schreibe von Wawis und meinem Wunsch, im Zentrum von Stumpf einen Gedenkstein für unsere Vorfahren zu errichten.

Nach einigen Wochen antwortet Pertil. Er habe von dem Gesetz gehört, und er sagt zu, Wawi einen Termin mit dem Bürgermeister zu vermitteln, Pertil will sie sogar zum Bürgermeister begleiten.

Wawi schreibt, sie habe sich mit Pertil getroffen, er habe das Projekt – so heißt nun unser Wunsch, einen Ort der Erinnerung für unsere Vorfahren in Stumpf zu schaffen – durchgesehen und er hätte, wie er sagt, ihre Texte verbessert. Er fände es wichtig, auch in Stumpf die Erinnerungskultur zu pflegen, habe er gesagt.

Bis der Termin zustande kam, wurde es Herbst. Zwei Jahre nachdem die Chronik präsentiert worden war, fuhr ich zum ersten Mal wieder ins Innergebirge. Ich holte Wawi ab, wir fuhren nach Stumpf und trafen im Vorzimmer des Bürgermeisters den Pertil.

Wawi hat ihm gesagt, ich werde aus Wien zu dem Treffen kommen, aber jetzt tut er überrascht, nur sie hätte den Termin, sagt er. Doch da kommt der Bürgermeister schon aus seinem Zimmer und bittet uns hinein.

Wawi zeigt den Entwurf für den Stein und erzählt von den Freundinnen, mit denen sie Geld sammelt, der Gemeinde werden keine Kosten entstehen.

Gegen einen Stein für die Deserteure habe er nichts, sagt der Bürgermeister, an den Tagsee würde er gut passen, dort sei ja alles geschehen, nicht in Stumpf.

Am Tagsee sieht den Stein niemand, sagt Wawi, wir brauchen ihn im Ortszentrum, damit die Geschichte der Stumpfer Deserteure neu erzählt wird. Die Chronik schreibt, ganz Stumpf wäre wegen der Deserteure von der Deportation bedroht gewesen. Wirklich deportiert oder ermordet wurden aber nur einige, sie kamen von der Westseite des Plateaus, aus Hinterstumpf. Das war schon zur Zeit des Überfalls ein Teil von Stumpf. Wenn Stumpf meint, alle Ortsteile wären 1944 bedroht gewesen, dann sollte die Gemeinde vor allem an die Stumpfer und Stumpferinnen erinnern, die wirklich bedroht und um ihr Leben gebracht wurden. Aus welchem Ortsteil sie auch kamen, sie verdienen unsere Anerkennung. Ihnen verdanken wir und ganz Österreich den Staatsvertrag, sagt Wawi.

Jetzt übertreibst aber, sagt der Bürgermeister.

Kurz nach dem Krieg kam aus der Hauptstadt die Frage, ob sich jemand in Stumpf gegen die Nazis gestellt hat, sage ich. Es musste ein Weißbuch her, ein Weißwaschbuch. Unabhängig würde Österreich nur werden, sagten die Alliierten, wenn es eigene Leute aus dem Widerstand gegen das Nazi-Regime nennen könnte. Da hat sich die Gemeinde Stumpf plötzlich an Felician erinnert und an Rosa.

Wieso erinnert? fragt Pertil.

Rosa sah den blauen Briefumschlag mit ihrem Namen und dem Stempel der Gendarmerie, sage ich, und da gehorchten ihr die Hände nicht mehr, zitterten, flatterten. Der Brief lag zwei Tage auf der Kredenz, dann öffnete Rosa ihn, eine Vorladung zur Einvernahme als Zeugin. Sie ging gemeinsam mit Felician, der die Vorladung auch bekommen hatte.

Und was war dann bei der Gendarmerie? fragt der Bürgermeister.

Dort sollte Rosa erzählen, wie sie abgeholt wurde und warum, sage ich. Der Gendarm tippte aus Rosas Worten ein Protokoll, das musste sie unterschreiben. Dann musste Felician erzählen. Warum hat die Gestapo ihn gesucht? Wo war sein Unterschlupf? Wie lange hat er darin gelebt? Wer hat ihm Essen gebracht? Undsoweiter. Bevor Felician desertierte, war er vier Jahre bei den Gebirgsjägern im Stellungskrieg vor Murmansk gewesen. Er sah Leute aus seiner Kompanie ziellos in den Schnee hinausgehen, sie kamen nie zurück, manchmal fand eine Patrouille sie später vereist in der Landschaft. Die Erhöhungen der Gegend tauften die Gebirgsjäger Gaisberg, Doppelkopf, Martinsberg, Zahmer Kaiser, Viererkopf, Ortler, Stufenberg, Schwarzkopf, vertraute Namen. In den Nachtwachen habe er sich manchmal in die Hand gebissen, erzählte Felician, damit er sich spürte und sich nicht vollends verlor. Wenn dort im Juni der Schnee schmolz, lebte die Kompanie im Matsch, die Straßen waren unpassierbar.

Ich verstumme, weil mir vorkommt, ich habe zu viel geredet, doch der Bürgermeister fragt: Ja und weiter, wieso ist er dann überhaupt desertiert?

In einem Gefecht wurde Felician verwundet, die Granatsplitter ließen sich aus seinem Rücken nicht entfernen, er durfte nachhause auf Urlaub. Seine Schmerzen hörten nicht auf. Mit dem Großdeutschen Reich wollte er nichts mehr zu schaffen haben. Sein Zuhause war der Graben in Hinterstumpf, dorthin wollte er zurück, dort wollte er bleiben.

Auf der Gendarmerie unterschrieb er auch das Protokoll. Beide Protokolle gingen in die Hauptstadt. Was daraus wurde, erfuhren weder er noch Rosa. Ein Weißbuch sahen sie nie.

Da sagt Wawi, ihr verwendet uns wie Lichtschalter. Wenn Stumpf oder die Republik uns braucht für Propaganda, dann erinnert ihr euch an uns, an Rosa, Felician, meinen Vater und die anderen Deserteure.

Propaganda gibt es doch überhaupt keine mehr, sagt Pertil.

Na dann halt Werbung, entgegnet Wawi. Nachdem die Protokolle für das Weißbuch abgeschickt waren, hat Stumpf jedenfalls jahrzehntelang nicht an seine Deserteure gedacht. Stumpf könnte stolz sein auf den Beitrag unserer Familien zum Staatsvertrag.

Ja, sage ich, stolz kann Stumpf sein, aber es muss endlich die Leute beim Namen nennen, die der Grund für diesen Stolz sind. Die Deserteure aus Stumpf haben dazu beigetragen, dass Österreich unabhängig wurde.

Beim Kriegerdenkmal der Stein? fragt der Bürgermeister und beantwortet selbst seine Frage. Eine umwerfende Idee sei das nicht, er fürchte um die Atmosphäre des Ortes. Einer der Therapeuten, die in Stumpf Aufstellungsseminare leiten, habe ihn vor einem Gegenstein im Ortszentrum gewarnt.

Gegenstein? frage ich. Was soll denn das sein?

Ein Gedenkstein direkt neben dem Kriegerdenkmal wäre ein Gegenstein, sagt der Bürgermeister. Ein solcher Stein, habe ihm der Therapeut gesagt, setze den Totenkult fort, man müsse in diesen Fragen sehr sensibel sein, wegen der Gäste.

Nicht nur wegen der Gäste, sagt da plötzlich Pertil.

Wawi schaut fragend zu ihm.

Ich glaube, sagt Pertil, die Zeit ist noch nicht reif, unabhängige Historiker sollten die Sache bewerten und die Chronik eventuell umschreiben. Wir dürfen das Leid der Stumpfer Familien nicht vergessen. Wir müssen den Dialog führen, wir müssen einen Dialogprozess einleiten, bevor wir eine so schwerwiegende Entscheidung treffen.

Mein Vater wurde in Mauthausen gehenkt, sagt Wawi, Schwedenreiters Urgroßmutter war im Konzentrationslager. Sind wir keine Stumpfer Familien? Zählt unser Leid nicht?

Da sagt Pertil, Rosa sei wegen Felician im Konzentrationslager gewesen.

Ich erwidere, nein, nicht wegen ihres Kindes, sondern wegen der Gestapo und wegen der SS.

Der Bürgermeister lehnt sich zurück, faltet die Hände über seinen Bauch, schaut uns an und sagt dann, Cornel Pertil habe recht, das Projekt sei noch nicht ausgereift, wir sollten zuerst einen gründlichen Dialog führen, erst dann sei eine Entscheidung möglich, er sei für alle Vorschläge offen. Er schaut auf die Uhr, steht auf, und wir sind unversehens draußen aus dem Bürgermeisterzimmer.

Im Vorraum streckt Pertil zuerst Wawi dann mir die Hand entgegen, sagt, tut mir leid, und geht.

Irgendwie gelange ich mit Wawi aus dem Gemeindeamt ins Auto. Die Scheiben sind beschlagen. Sie startet den Wagen, ich denke, sie wird mich zum Bahnhof bringen, doch sie fährt zum Graben, fährt an Rosas Haus vorbei. Wir sprechen nicht. Wir fahren durch die schluchtige Enge. Der Ermüdungslastfall ist eingetreten. Ein Trennriss. Da fällt kein Licht mehr ein. Die Brücke bricht. Nicht einmal die Zeit könnte solche Trennung aufheben. Wawi liest meine Gedanken und sagt ziemlich leise, dich trifft keine Schuld, und hält den Blick auf der Straße.

Kaspar fuhr mich als Kind manchmal auf dem Moped über diese Straße zu dem Bergdorf am Talschluss. Ich spürte die Wärme seines Rückens an der Brust, die Kühle des Fahrtwinds traf meine Ohren. Die Strecke war mir unheimlich, ich glaubte als Kind, sie führte zu dem Ende der Welt. Hinter diesen Felsen, hinter diesen Wäldern könnten keine Menschen wohnen. Erst nach einiger Fahrzeit weitet sich der Talboden, die Umgebung wird heller, links und rechts steigen die Hänge nicht mehr steil, felsig und bewaldet auf, sondern verlaufen flacher und grasig, mit vereinzelten Höfen, die Wolken geben Gipfel der Westkette frei, kurz vor dem Talschluss öffnet sich das Bergdorf. Einzeln auf einem Hügel steht eine Kirche. Am Fuß dieses Hügels hält Wawi den Wagen und sagt, sie wolle mir etwas zeigen.

Wir gehen den steilen Weg zu der Kirche hinauf und betreten den Vorraum. An den Wänden hängen dicht beieinander Gedenktafeln. Die meisten gelten Soldaten, die in einem der Weltkriege gefallen sind. Auf einen Marmor in der untersten Tafelreihe deutet Wawi, bückt sich und unterstreicht mit dem Finger den eingravierten Namen einer Bäuerin, nur an diese eine Frau wird hier erinnert. Unter ihren Namen ist der ihres Sohnes mit einem Zusatz graviert: Im Kampf mit SS gefallen. Er starb mit 25 Jahren. Schwarzweißfotos der beiden sind auf der Tafel. Er war der Deserteur, den in Hinterstumpf die SS noch während des Überfalls tötete. Seine Mutter kam ins KZ, weil sie die Mutter ihres Sohnes blieb, auch als er desertierte. Sie starb dort.

Diese Tafel, sagt Wawi, gab mir vor vielen Jahren den Mut, zum Stumpfer Pfarrer zu gehen und um eine Erinnerungstafel für meinen Vater zu bitten. Ich glaubte, das wäre so einfach, wie es hier ausschaut. Neben der Tafel, die an den Deserteur und seine Mutter erinnert, hängt eine für deren anderen Sohn, der, wie es dort heißt, 1941 in Russland den Heldentod fand.

Seit wir das Gemeindeamt verlassen hatten, hatte ich geschwiegen. Nun erzähle ich mit einem Mal die Geschichte der Glücklichen Hand, die ich von Leo weiß. Er hat sie von Bloch, der sie womöglich von Gershom Scholem hatte.

Damit sich unsere unvollkommene Welt verwandelt, sagt diese Geschichte, wird nicht alles Vorhandene zu zerstören sein. Nur seien alle Dinge, dieser Strauch, jene Tasse oder dieser Stein, zu verrücken, ein wenig nur. Dazu bedürfe es einer sonderbaren, glücklichen Hand, die richtig greift, nur ein wenig, und die Dinge aus ihrer

Zerstreuung an den ihnen gemäßen Ort bringt. Weil aber dieses Wenige so schwer zu tun und sein Maß so schwierig zu finden sei, können das nicht die Menschen, sondern dazu werde der Messias kommen.

In diesem Bergdorf war eine Person, die das Wenige im richtigen Maß, am richtigen Ort, zur richtigen Zeit tat, die Buchstaben auf der Tafel verwittern. Dieses Wenige hat einen der Deserteure in seine Dorfgemeinschaft zurückgeholt. Die Gedenktafel für ihn und seine Mutter, inmitten der Erinnerungen für die als Helden bezeichneten gefallenen Soldaten, sagt: Im Tod sind wir gleich. Aus dem Bergdorf am Talschluss habe ich nie von öffentlichen Gesprächen gehört über das Für und das Wider einer Tafel zum Andenken an den hiesigen Deserteur.

Auf dem Plateau fehlt die Glückliche Hand. In Stumpf helfen Gemeinde, Kirche und die Honoratioren zusammen, die Deserteure aus der Dorfgemeinschaft draußen zu halten. Eine allgemeine Gedenktafel für die Opfer des Nationalsozialismus wäre ja möglich, hatte der Pfarrer Wawi gesagt, nur nicht die Namen. Die meisten Stumpfer ahnen die Bedeutung des Namens, der Pfarrer könnte sie erklären, hatte mir Leo gesagt. Der Pfarrer kennt die schier endlosen Namenslisten in den Stammbäumen der Bücher Moses. Stumpf will seine Deserteure nicht bei ihren Namen rufen. Für Kleinkriminelle gebe es in Stumpf keinen Gedenkstein, unterstützt ein Unternehmer den Pfarrer.

Da sagt Wawi, auch in Stumpf habe es doch andere Zeiten gegeben und erinnert mich an die Symphonie. 2004 erzählte Kaspar mir am Telefon, ein Komponist habe eine Symphonie geschrieben, mit Texten zu dem Überfall auf Stumpf. Ich traute meinen Ohren nicht.

Die Proben hätten schon begonnen und unsere Stumpfer Trachtenmusikkapelle würde spielen mit einer zweiten Blasmusik aus dem Innergebirge.

Im folgenden Sommer sitze ich mit Meret, Kaspar und Wawi in Hinterstumpf vor einer Bühne unter dem freien Himmel und glaube zu träumen. Meine früheren Kollegen aus der Blasmusik spielen da gemeinsam mit einer Gipsy-Band aus Wien, eine Sängerin klagt das Gelem, Roma, Gelem in die Nacht. Die Bühne steht unweit der Stelle, wo bei dem Überfall auf Hinterstumpf die drei Männer erschossen wurden. Zwei von ihnen waren nicht desertiert, sondern unbeteiligt, auf Urlaub und zur Arbeit zuhause. Deren Schwester wurde von der Gestapo misshandelt und gefragt, ob sie mehr wert sei als ihre erschossenen Brüder. Ich brauche nicht mehr wert sein als die beiden, habe sie geantwortet. Rosa hatte das erzählt. Die Chronik behauptet, die zwei wären auf der Flucht erschossen worden. Die beiden hatten aber keinen Grund zur Flucht. Und selbst wenn sie hätten fliehen wollen, wäre ihnen die Flucht nicht mehr möglich gewesen. Die Gestapomänner hatten ihnen die Träger der Lederhosen abgenommen, zitiert die Chronik die Schwester der beiden. Meine Erinnerungen mischen sich in die Musik, meine Kehle ist trocken. Die Zither schlägt. Und wonn i zu Kromersberg Kirchen geh.

Diese Melodie hatte Rosa gesummt, wenn sie in der Küche vor dem Sparherd kniete und Spanholz hineinschichtete. Die Anmut ihrer Gesten nahm ich erst als Erwachsener wahr und staunte. Sie war eine Magd gewesen, zierlich und zäh. Als ich ihr Kind war, hat sie morgens in der Küche vor dem ovalen Spiegel ihr langes, schon dünnes Haar gekämmt, zu einem Zopf geflochten und um den Kopf gekränzt. Im Sommer schlug sie ein kleines buntes Baumwollquadrat zu einem Dreieck und verknotete es im Nacken. Ihre Wintertücher waren groß und aus Wolle. Ging sie aus dem Haus zum Holzholen in die Hütte hinüber, zog sie das Wintertuch mit den Zähnen über den Mund, ich sah ihre Nase und die dunklen kleinen Pupillen. In Rosas Haus waren wenige Bücher gewesen und oft Musik. Rosa sang, Kaspar schlug die Zither, ich zupfte die Maultrommel oder sang die zweite Stimme, meine Goden schenkte mir eine alte Ziehharmonika. Der Kapellmeister lieh mir ein Althorn für die Blasmusik und gab mir Unterricht.

Über den Zitherklang zieht jetzt metallisch hohes Sirren. Dann zerreißen zwei Schüsse das Volkslied.

Der Applaus lässt mich einen Moment glauben, ausschließlich Freundinnen und Freunde der Deserteure wären hier versammelt. Später stoßen wir auf das an, was Wawi das Stumpfer Wunder nennt. Die Musik versetzt Berge, sagt sie.

Fünf Jahre sind seither vergangen, ohne Kaspar und ohne Meret stehe ich mit Wawi allein in der Kirche des Bergdorfs. Die Symphonie wurde aufgeführt, weil sich das Kriegsende zum sechzigsten Mal jährte. Unsere vertonte Geschichte verschaffte dem Dorf und dem Land Ansehen. Die Symphonie führte dreitausend Gäste nach Stumpf, manche werden im Urlaub wiederkommen, an dem Abend der Aufführung waren die Gasthäuser ausgebucht.

Vielleicht, sagt Wawi, hält die Erinnerungsverweigerung die Erinnerung an die Deserteure länger am Leben, als es ein Gedenkstein könnte. Hier in dem Bergdorf, wo der lokale Deserteur sein Gedenken längst bekommen hat, sagt sie, interessiert sich niemand mehr für ihn. In Stumpf ist sein Name noch geläufig, weil umstritten. Wawi lächelt angestrengt.

Sie brachte mich zum Bahnhof in Pinz und ich fuhr nach Wien zurück.

Am folgenden Tag schreibe ich ihr: Alle Deserteure sind rehabilitiert. Stumpf tut aber, als gäbe es dieses Gesetz nicht.

Ja, antwortet Wawi, Stumpf wird nun jahrzehntelang mit seinem Dialogprozess angeben. Die Bereitschaft zum Dialog beweist die Offenheit der Gemeinde. So lange ein Dialogprozess dauert, muss sich nichts ändern.

Stumpf muss doch zumindest die Ortschronik einstampfen oder richtigstellen, erwidere ich.

Wie bringen wir Stumpf dazu? fragt Wawi.

Ich weiß nicht weiter. Die Begegnung mit Pertil erwähnen wir nicht. Ihn hatte ich gebeten, für Wawi den Termin beim Bürgermeister zu vereinbaren, und ihr hatte ich empfohlen, mit Pertil gemeinsam hinzugehen. Ich hatte ihm vertraut, trotz seiner Mail vertraut.

Wer ist Pertil, der Kulturmensch? Wer ist Pertil, den ich in Momenten für einen Freund gehalten hatte? Er arbeitet hart, zieht Beeren, verschlingt Bilder, Musik, Theaterstücke, Bücher, ist süchtig nach Kulturfutter, überfrisst sich und verschiebt das Denken auf die Pension. Mich hält er für einen Künstler und pflegt deshalb die Verbindung zu mir. Die Pertils sammeln Künstler wie Trophäen. Dieser Umgang macht sie selbst bedeutsam. Pertil stört es nicht, wenn Stumpf seine Deserteure eine gefährliche Landplage nennt. Er arbeitet, geht in den Himbeerschlag und gibt sich am Abend einer neuen Interpretation der Winterreise hin.

Viele Wochen lang erwartete ich, etwas würde kommen. Ein Brief von der Gemeinde, ein Anruf von Pertil, eine Entschuldigung, irgendetwas müsste kommen. Die üblichen Rechnungen kommen, ein Firmenkollege schickt aus seinem Urlaub eine Karte. Eine Brücke, gesehen aus weiter Entfernung, schiebt sich in heller, nebelartiger Umgebung aus dem rechten Bildrand ins Zentrum. Winzige rote und weiße Autos und ein schwarzes sind auf der Brücke, fahren womöglich. In der Bildmitte senkt sich die Brücke ein wenig und mündet ins Nichts.[7]

Im Winter untersuchen wir Brücken nur in einem Notfall. Auch nur wenige Tunnels untersuchen wir in den dunklen Monaten. Im Winter teilen sich die Männer, die in den anderen Jahreszeiten für wenige Morgenminuten im Kaffeemaschinenraum zusammentreffen, die Büroräume der Firma. Wir vertiefen dann die Dokumentationen, die wir während des Jahres oft nur skizziert haben, und wir planen die Untersuchungen für das kommende Arbeitsjahr. Im Winter sind die Büroräume der Firma laut, überfüllt und stickig. Nach den Stunden an einem Schreibtisch brauche ich den Wald, gleich, ob die Wege vereist oder aufgeweicht sind, ob es noch hell ist oder regnet. Die Stirnlampe habe ich bei den Winterwaldgängen zwar mit, benutze sie aber selten. Die Dunkelheit ist im Wald nie eine vollkommene, sie drosselt mein Tempo, macht mich hellsichtig, den Schritt geschmeidig.

In meinem vierten Winter ohne Meret hoffte ich, mit der Zeit würde ich die Ortschronik, Pertil und den sogenannten Dialogprozess vergessen.

An manchen Tagen nehme ich den Bass und versuche zu spielen. Die Töne bringen aber Merets Stimme, ihre

7 Tim Davies: Bridges 2009–2011

Singstimme in mein Ohr, und ich stelle den Bass zurück an seinen Platz. Ohne sie möchte ich nicht mehr spielen. Auf ihrem Schreibtisch liegen neben dem Computer die Bögen des Totenbuchs. Hin und wieder schreibe ich weiter meine Briefe an Rosa, Felician oder Kaspar. Ich schreibe ihnen, wie ich mit Wawi beim Bürgermeister war und wie ich mich wegen Pertil vor Wawi schämte. Ich schreibe von der Kirche im Bergdorf. Ich schreibe, was ich über Rosas Geschichte weiß.

Nach ihrer Rückkehr aus dem KZ bat sie den Bürgermeister einmal um Hilfe. Der wies sie ab. Sie wollte in Stumpf nicht auffallen, musste sich aber das Essen erbetteln. Manche Leute drehten sich auf der Straße nach ihr um, Rosa spürte den Blick im Rücken. Eine Nachbarin brachte ihr Mehl, einen Tiegel Schmalz. Milch bekam sie von einer Cousine. Wenn Rosa Mehl, Milch, Salz und manchmal Kümmel hatte, knetete sie einen nicht zu festen Teig, walkte ihn aus, schnitt Rechtecke ab und ließ sie in dem erhitzten Schmalz schwimmen. Den fertigen Krapfen umfasste sie wie ein Esswerkzeug und griff damit ins heiße Sauerkraut.

Rosa starb in dem Jahr, bevor ich Meret traf. Meret kannte Rosas Blattlkrapfen nur aus meinem Erzählen. Wieder und wieder versuchte ich mit Meret, aus so wenigen, einfachen Zutaten selbst die Blattlkrapfen zu machen. Vergeblich. Bei uns wurden daraus ledrige Lappen, nie wölbten sich die Teigbäuche, wie sie sich kuppelgleich und goldbraun aus Rosas Pfanne erhoben hatten. Nur jahrelange Blattlkrapfenerfahrung bringt ein duftig fettes Ergebnis. Bei nächster Gelegenheit werde ich das Rezept auf Rosas Seite ins Totenbuch schreiben, es gehört zu ihr.

Manchmal rufen Musiker an, mit denen wir früher gespielt haben, ob ich Lust hätte zu einer gemeinsamen

Probe. Weder sie noch Bruno, der oft anruft, will ich treffen. Bruno lässt sich nicht abschütteln, er kommt auch unangemeldet in die Ambachstraße. Er sieht das Totenbuch, sieht die Ortschronik, dreht missbilligend den Kopf von einer zur anderen Seite und sagt, ich müsse endlich wieder ins Leben zurückfinden. Diese Bücher und das Alleinsein gehören jetzt zu meinem Leben, erwidere ich. Er begleitet mich unaufgefordert in den Wald, will mit mir Schach spielen, ins Wirtshaus gehen, Konzerte besuchen. Bruno scheint sich irgendwie väterlich für mich verantwortlich zu fühlen und nicht auf den Gedanken zu kommen, seine beständigen Anrufe, Besuche und Vorschläge könnten mir lästig sein. Sein Geschäft für Musikalien und Instrumente hat er längst aufgegeben und lebt allein. Er steht in Kontakt mit Leo. Jahre zuvor habe ich die beiden miteinander bekannt gemacht. Ich bin mir nicht sicher, ob womöglich Leo ihn beauftragt hat, nach mir zu schauen, oder ob ich das Placebo für Brunos Langeweile und Einsamkeit bin.

Auch am Ende dieses vierten Winters ohne Meret werden die Tage schließlich heller, und der Termin für die erste Kiste steht fest – so nennen wir Brücken und meinen mit dem Wort auch deren Untersuchung. Mein Wunsch, die Stumpfer Chronik zu vergessen, wird sich nicht von selbst erfüllen. Ich muss ihren undeutlichen Spuren nachgehen.

Wawi weiß, wo der Mann geboren ist, den Pertil in seiner Mail als Retter bezeichnet hat, sein Geburtsjahr steht in der Chronik. Im Taufbuch finde ich ihn.

Das Taufbuch nennt die Namen und stellt mir augenblicklich die Frage der Namen. Eine Frage, die ich mir seither oft anders beantworte. Opfernamen habe ich in meiner Familie, in meinem Freundeskreis, ich sehe sie auf Stolpersteinen, in Gedenkbüchern. Öffentlich genannt treiben die Namen der Opfer meist in beziehungslosem, unbegrenztem Raum. Aber nicht Muren oder Tsunamis, nicht Erdbeben oder Felsstürze haben die Leute verschlungen. Enteignet in Salzburg, ermordet in Buchenwald, gehenkt in Mauthausen, deportiert aus dem Zigeunerlager Maxglan nach Auschwitz, aus Schernberg nach Hartheim gebracht und dort vergast undsoweiter. Jemand gab den Befehl. Jemand deportierte. Jemand henkte. Jemand vergaste. Die Namen der Täter stehen selten neben den Namen der Opfer. Solche Erinnerung kippt und lässt mich ohnmächtig zurück.

Während des Überfalls auf Hinterstumpf erschossen Gestapoleute die zwei unbeteiligten jungen Männer, Brüder waren sie. Ihre Leichname karrten die Gestapoleute nach Salzburg und schrieben der Mutter, die Lederhosen der Söhne sind abzuholen, begraben durfte die Mutter ihre Söhne nicht. Der Salzburger Gauleiter Scheel und seine Handlanger ließen ihre Opfer und Gegner nicht nur ermorden. Sie wollten auch jede Erinnerung an sie auslöschen. Scheel war ein Rechtszertrampler, auch seine Handlanger: Nein, ich rufe dich nicht bei deinem Namen, auch nicht wenn du tot bist, einen Grabstein bekommst du nicht.

Leo, mein belesener Freund, stammt aus der Stadt Salzburg. Er schreibt mir von Forschungen, die über die Stadt endlich aufgenommen und nach und nach veröffentlicht würden.[8] Er bedauert den späten Zeitpunkt der Publikationen, inzwischen würden Bücher ja kaum noch gelesen, aber das komme den Salzburgern in diesem Fall vielleicht ganz gelegen, schreibt er. For-

---

8 Stadtarchiv Salzburg: Die Stadt Salzburg im Nationalsozialismus. 7 Bände. 2010-2016

schungen über die Nazizeit im Innergebirge seien kaum veröffentlicht, schreibt Leo. Er kenne nur eine einzige fundierte Arbeit von zwei Studenten,[9] sie sei 1986 erschienen, danach aber nie vertieft, sondern bloß abgeschrieben worden, und zwar in der Art des Stille-Post-Spiels. Ich weiß nicht recht, was er damit meint. Er rät mir, in die Bibliotheken und Archive zu gehen.

Ich benutze in Wien die Städtischen Büchereien, mir ist aber nicht wohl bei dem Gedanken, in die Nationalbibliothek oder ins Dokumentationsarchiv zu gehen oder gar das Staatsarchiv zu betreten, ich bin Brückenmeister, kein Historiker. Leo schreibt, du besuchst regelmäßig das Kunsthistorische Museum, da könntest du doch wohl auch allein im Haus gegenüber in die Nationalbibliothek gehen. Er kommt aber dann eigens aus seiner Einsiedelei nach Wien und begleitet mich bei meinen ersten Suchgängen. Er stellt mich Archivaren vor, die er kennt, nach einiger Zeit finde ich mich ohne seine Hilfe zurecht.

Von der Namensfrage komme ich nicht los. Pertils Mail und die Ortschronik haben mich zu dem Entschluss gebracht, meine Suchergebnisse aufzuschreiben, und ein Bericht kommt ohne Namen nicht aus. Aber dein Bericht, sagt Leo, darf nicht anklagen, nicht einmal belehren.

1934 verübten Nazis in der Stumpfer Gegend einen Sprengstoffanschlag. Die Ortschronik nennt keine Namen. Sie nennt aber die Namen der Opfer des Überfalls auf Hinterstumpf im Jahr 1944. Die Ortschronik berichtet, als hätten die Opfer diesen Überfall verschuldet. Die Ortschronik ist ein Pranger. Würde mein Bericht

9 Michael Mooslechner, Robert Stadler: St. Johann 1938–1945. 1986

die Namen der dortigen Täter nennen, errichtete ich einen Gegenpranger. Namen werde ich nur dort nennen, wo sich mein Bericht von Pinz, Stumpf und Hinterstumpf entfernt. Den angeblichen Retter werde ich anonym beschreiben. Ich werde aber seine Ähnlichkeiten mit einer Person, die gelebt hat, nicht verbergen. So denke ich am Anfang meiner Suche. Ich will keine Biografie des Retters schreiben, schon gar keine Charakterstudie. Seine politische und berufliche Laufbahn werde ich abklopfen wie ein Stück Holz, dessen Alter und Herkunft ich bestimme. Seiner Person, seinen Eigenheiten und Ticks werde ich fernbleiben.

Ich nenne den Retter nach seiner Truppe: Gebirgsjäger. Den Gebirgsjägern hat 1974 die Stadt Salzburg in der Elisabeth-Vorstadt, wo früher der Schlachthof stand, einen Platz gewidmet. Die Gebirgsjäger halfen im Zweiten Weltkrieg, Europa in einen Schlachthof zu verwandeln, gleich, ob sie freiwillig eingerückt sind oder in die Wehrmacht gezwungen worden waren.

Der Gebirgsjäger

Ich war natürlich auch dabei.

Wer spricht?

Der Gebirgsjäger.

Wo?

In der Ortschronik Stumpf.

Dabei, dabei. Wobei dabei?

Bei der SS.

Wann?

1945. In den ersten Maitagen war er dabei, immer noch dabei. Natürlich, sagt er. Während in Salzburg die ersten amerikanischen Soldaten über die Staatsbrücke marschieren, hockt er in Stumpf im Garten einer Villa. Er hockt im Gefolge seines Chefs, des Salzburger Gauleiters und SS-Obergruppenführers Gustav Adolf Scheel. Der hat ihn Ende April aus Salzburg als Quartiermacher nach Stumpf vorausgeschickt. Dort beschlagnahmt der Gebirgsjäger Teile der Villa samt Garten. Wie er beschlagnahmt, beschreibt in der Ortschronik eine Zeitzeugin:

Nachts zwei Uhr kam der SS-Mann, Adjutant des Gauleiters, zu meiner Mutter und verlangte, sofort ein Zimmer für den Gauleiter herzurichten, der ca. vier Uhr früh bei uns eintreffen würde; auch für sich verlangte er per sofort eine gute Schlafmöglichkeit.

Anfang Mai 1945 liegen hinter dem Gebirgsjäger neun SS-Jahre. Um Aufnahme in Hitlers Schutzstaffel hat er 1936 gebeten, das war eines der Jahre, in denen die SS in Österreich verboten war. Die Nazijahre des Gebirgsjägers zählen Anfang Mai 1945 bereits mehr als dreizehn. 1932 hatte er sich der Bewegung angeschlossen. Bewegung, so bezeichneten die Nazis ihre Partei, als wäre sie keine, sondern ein sportliches, neues Perpetuum mobile.

Das Neue fürchten wir nicht. Vorfreudig erwarten wir die Premiere. Wir möchten noch einmal anfangen, frisch, als wären wir die Ersten, die das Leben wagen und zum ersten Mal. Trotz allem erwarten wir den Erlöser, wir rechnen mit dem Einen; ja, wieder ein Mann muss es sein. Er wird der Weg sein. Wir müssen dann nichts weiter tun, als seinem Befehl folgen: Bewegung! Das Elend trieb Rosa und Felician ins Neue. Das Neue riss sie mit sich. Ich bin in meiner Zeit auf der Hut, wenn einer nichts kann, als sich Neu nennen.

Der Gebirgsjäger, Sohn eines Lehrers, hätte 1932 das gefährliche Spiel durchschauen können. Er hatte mehr gelernt als die Gleichaltrigen, war Volksschullehrer. Doch gerade die höher Gebildeten, besonders die Richter und Lehrer, fraßen im Land Salzburg gierig die Trugbilder der Bewegung, als wären sie wahr und nahrhaft wie Brot. Der Gebirgsjäger tritt 1932 dem Kraftfahrkorps der Bewegung bei und ihrer Sturmabteilung.

Im folgenden Jahr wird die Bewegung in Österreich verboten, er bleibt, wird in der Verbotszeit Mitglied ihres Lehrerbundes. 1938 schluckt die Bewegung Österreich, und der Führer belohnt den Gebirgsjäger mit der Ostmark-Medaille, gestiftet für Leute, die besonders eifrig mitgeholfen haben, die Erste Österreichische Republik dem Großdeutschen Reich in den Schlund zu werfen. Der Gebirgsjäger ist einer der frühen Verräter seines Mutter- und Vaterlandes, deshalb bezeichnet die Bewegung ihn als Alten Kämpfer und ehrt ihn. Sie ehrt ihn, obwohl er sich ausgerechnet am 12. und 13. März 1938 nicht in seinem Wohnort Pinz aufhält, wo er Lehrer ist. Er ist nicht dort und deshalb, sagt er Jahre später in einem Verhör, wäre der Pinzer Anschlussfackelzug so völlig misslungen, dass er ihn nach seiner Rückkehr wiederholen musste.

Waren die Fackeln feucht geworden und loderten nicht? Waren die Heilrufe lau? Waren die rechten Arme nicht entschieden in die Höhe geschnellt? Hatten überhaupt zu wenige Leute an dieser Anschlussjubelfeier teilgenommen? Diese Fragen wurden dem Gebirgsjäger in dem Verhör nicht gestellt.

Am 1. Mai 1938 hat in Pinz, wie eine Salzburger Zeitung berichtet, alles bestens geklappt. Schon am Vortag hatte der Gebirgsjäger eine als würdig bezeichnete Schulfeier veranstaltet, die Formationen – die Zeitung schreibt nicht, was damit gemeint ist, vielleicht Ähnliches wie unsere Traditionsvereine, die Schützen, der Kameradschaftsbund, die Volkstänzerinnen und Schuhplattler – die Formationen also hatten die Flagge gehisst und abends hätte die gesamte Bevölkerung, behauptet die Zeitung, die Aufstellung des Maibaumes mit Spannung erwartet. In Pinz war nie zuvor ein Maibaum aufgestellt. An dem folgenden ersten Maimorgen weckten Böllerschüsse die Pinzerinnen und Pinzer, später unternahmen die Arbeiter der Stirn und der Faust etwas gemeinsam. Ich kannte diese Arbeiterarten nicht. Ich las, der Führer habe sie 1924 erfunden und gefordert, aus ihnen müsse sich der neue Mensch des kommenden deutschen Reiches herauskristallisieren. Glaubt man der Zeitung, war der Pinzer Sportplatz am 1. Mai 1938 festlich geschmückt, und die etwa tausend Festgäste hörten zuerst gemeinsam die Übertragung der Maifeier aus Berlin – die Bewegung machte das *Public Listening* alltäglich –, dann sprach der Gebirgsjäger als Ortsgruppenleiter der NSDAP. Er machte in Pinz den Führer als ersten und größten Arbeiter des deutschen Volkes bekannt. Zum Schluss SiegHeil aus tausend Kehlen.

Nach den Anschlussfeiern verließ der Gebirgsjäger die katholische Kirche. Während der folgenden siebzehn Jahre blieb er, ohne Verbindung zu dem Juden Jesus, gottgläubig. Nationalsozialisten nannten sich so, wenn sie sich konfessionell nicht binden wollten und gleichwohl Wert legten auf etwas, das sie artgemäße Frömmigkeit und Sittlichkeit nannten.

Im September 1938 ist der Gebirgsjäger nicht mehr Lehrer in Pinz, er ist versetzt worden in den Tennengau. Wahrscheinlich, in den Akten fand ich dafür allerdings keinen Beweis, nimmt er Anfang September 1938 an dem Lehrgang für nationalsozialistische Erziehung teil, den Karl Springenschmid leitet, Chefideologe der Salzburger Nazis, wie ein Historiker[10] ihn bezeichnet. Springenschmid lehrt die Lehrerinnen und Lehrer des Innergebirges, allen überflüssigen Ballast abzuwerfen, der nicht in die nationalsozialistische Schule gehöre. Wahrscheinlich, kann ich behaupten, nahm der Gebirgsjäger an dem Lehrgang teil, weil Springenschmid sein Chef war und ihn zu einem Kreiswalter des nationalsozialistischen Lehrerbundes ernannt hatte. Diese Ernennung machte ihn gleichzeitig zum Kreisamtsleiter, im Schuljahr 1938/39 ist er dafür verantwortlich, die Lehrkräfte seines Kreises nationalsozialistisch zu schulen und zu formen. Zu Beginn dieses Schuljahres ließ er sich wohl zuerst selbst von Springenschmid nationalsozialistisch schulen. Der sagte, die Erziehung zu Haltung, Einsatzbereitschaft, zum charaktervollen deutschen Menschen sei die vornehmste Aufgabe der Schule. Erziehung und

10 Ernst Hanisch: Gau der guten Nerven. 1997

Bildung sind das Sekundäre, Rasse und Blut geben nun aller Erziehungsarbeit Ziel und Richtung. Die Leibeserziehung muss im Nationalsozialismus den ersten Platz einnehmen. Der Körper ist Träger des ewigen Lebens, er ist die Fackel, das Feuer. Im April 1938 hatte Springenschmid auf dem Salzburger Residenzplatz die HJ-Pimpfe angefeuert: Verbrennt die undeutschen Bücher!

Springenschmid hatte in seinem Vokabular ein Wort, das auch die Chronik verwendet, gegen meinen Großvater: Landplage. Die Kapuziner, schreibt Springenschmid 1939, sind eine brennende Landplage geworden.

Diener eines Bücherverbrenners wurde der Gebirgsjäger später noch einmal. Vorerst gibt er im Schuljahr 1938/39 im Tennengau den Knaben einer Volksschule Springenschmids Lehren weiter; doch nur dieses eine Schuljahr lang schiebt er sie dem sogenannten großen Ziel der kämpferischen Lebenshaltung zu, bald schon will er selbst kämpfen.

Aufs Kämpfen hat sich der Gebirgsjäger seit seinem zwanzigsten Lebensjahr vorbereitet, da bekam er seinen ersten Jagdschein. Als Jäger, meinten die Nazis, übe er den edelsten Zeitvertreib des Mannes, die beste Vorbereitung auf dessen eigentliches Lebenswerk, den Krieg.

Grenzen missachten, Landschaften verwüsten, Menschen töten, ihre Sachen erbeuten oder zerstören, Leben auslöschen und Städte. Krieg ist der Ausnahmezustand. Er lässt zu, was der Alltag verbietet. Missachten, verwüsten, töten, erobern, zerstören, auslöschen, der Nazis Werk, Lebenswerk. Der Lehrer aus Pinz meldet sich zu diesem Werk freiwillig und bei erster Gelegenheit im August 1939. In den ersten Septembertagen darf er mithelfen, Polen zu überfallen. Er und die Männer an seiner Seite nennen einander Kameraden. Vom Feldzug in

Polen bringt er seinen Vorgesetzten in Salzburg Gänse mit, wird er Jahrzehnte später behaupten. Zur Belohnung darf er in ein Pionierbataillon der Gebirgsjäger.

In jedem Land, das ich in Europa bereiste, Jahrzehnte nach jenem Krieg, stieß ich auf die Spuren der Kameraden, Verheerungsspuren. Ich sah diese Spuren manchmal in Landschaften, ab und zu in Städten, am häufigsten stieß ich auf sie in Erzählungen alter Leute, die mich ansprachen, wenn sie mich mit Meret Deutsch reden hörten. In dem blendend lichten griechischen Dorf, in das wir auf einer Wanderung kommen, erzählt die Frau mit dem schwarzen Kopftuch von ihren Eltern und ihrer Tante. Dort drüben bei den Olivenbäumen seien sie in ihrem Blut gelegen. Deutsche Soldaten, von Österreichern spricht die Frau nicht, haben sie erschossen. In einem Museum im nördlichsten Norwegen fragt uns ein Greis, ob wir aus Österreich kämen. Seine Stimme bricht, als seine Erzählung zu den beiden österreichischen Soldaten kommt, die sein Vater vor Narvik aus Seenot gerettet und in sein Haus aufgenommen habe. Am folgenden Tag haben sie dieses Haus angezündet. Norwegen ist das einzige europäische Land, in dem wir die Leute unterscheiden hören zwischen deutschen und österreichischen Wehrmachtssoldaten, und die Österreicher haben dort keine bessere Nachrede. Auf einer kroatischen Insel, damals noch jugoslawisch, hören wir eine Frau sagen, die italienischen Soldaten, die ihre Mutter mit Rizinusöl zum Sprechen gezwungen haben, seien schlimmer gewesen als die deutschen. Österreichische Soldaten bringt diese Frau nur mit dem Ersten Weltkrieg in Verbindung. In Europa kamen wir in kein Land, in dem uns die Geschichten vom Krieg nicht erzählt worden wären.

Einige Jahre verließen wir Österreich nicht und wenn, dann reisten wir in Länder, wohin die Wehrmacht und ihre Verbündeten nicht gekommen waren. In Seattle stießen wir später auf einen ehemaligen Soldaten der US-Armee, die Österreich befreit hatte. Ob mein Vater Aufseher in einem KZ gewesen sei, fragte er, er habe nämlich im Lager Ebensee die Leichen gesehen. Nach dieser Begegnung fuhr ich allein oder mit Meret in alle Länder, in die wir reisen wollten, weil wir endlich verstanden hatten, das Lebenswerk der österreichischen Vorfahren, auch wenn es nicht unsere persönlichen Vorfahren waren, könnte uns auf der ganzen Welt einholen.

Der Gebirgsjäger zieht mit seinen Kameraden von Polen über Frankreich nach Griechenland. Unterwegs macht er in Rumänien aus Männern SS-Leute. 1940 belohnt die Wehrmacht seine Verheerungen mit dem Eisernen Kreuz. Er zieht mit seinem Bataillon weiter nach Russland. In einem der Angriffe der Wehrmacht auf die russische Stadt Rschew – Ржев – beendet eine Mine sein eigentliches Lebenswerk.

Mit 34 Jahren verstümmelt, kommt er im Sommer 1942 zurück nach Salzburg. Er hat einen Unterschenkel verloren und bleibt der Bewegung hörig. Sein folgendes Jahr ist wieder ein Nazijahr, er wird zum SS-Untersturmführer befördert. Das Pioniersturmabzeichen hat er schon früher erhalten. Er gehört zu denen, die an drei verschiedenen Kampftagen an drei Sturmangriffen in vorderster Linie beteiligt sind und mit der Waffe in der Hand einbrechen. Nun kommt das Verwundetenabzeichen in Silber zu seiner Ordenssammlung. Glaubt man seinen Behauptungen, lebte der Gebirgsjäger bis August 1943 in verschiedenen Lazaretten. Für die Front ist er untauglich geworden. Im Herbst 1943 beginnt er die

SS-Arbeit im Hinterland, wer weiß, ob mit Stirn oder Faust. Er wird Adjutant des Salzburger Gauleiters.

Der Gebirgsjäger hockt im Garten der Villa in Stumpf und trägt noch die schwarze Uniform. Die Zeitzeugin in der Ortschronik schreibt:

Rund um das Haus, unter Gebüschen im ganzen Garten waren die Autos der SS untergebracht und eine Menge Munition versteckt, ebenso Alkohol und Lebensmittel. Ein wilder Tumult ging los, als die Nachricht vom Eintreffen der Amerikaner in Salzburg kam. Die SS-Leute holten den Alkohol aus dem Versteck und betranken sich sinnlos.

Jahre nach dem Krieg gab der Gebirgsjäger öffentlich zum Besten, wie sich die letzten Kriegstage in Stumpf zugetragen hätten. Diese Anekdoten wurden auf Tonband aufgenommen und später auf CDs überspielt. Die Ortschronik zitiert diese Aufnahmen ausführlich. Auf zwei Buchseiten errichtet sie dem Gebirgsjäger ein Denkmal.

Einer jammert: Es geht dem Ende zu.

Der Gebirgsjäger: Da habt ihrs endlich einmal kapiert.

Er war mehr als neun Jahre einer dieser SS-Männer gewesen. Ihre Ehre hatten sie Treue genannt und geschworen, über ihre SS-Verbrechen niemals zu reden. In seinen Behauptungen über das Kriegsende rückt der Gebirgsjäger blitzschnell von seinen Spießgesellen ab und wechselt, gestützt auf zwei Krücken, die Fronten. Mit einfachen Worten verkleidet er seinen Verrat als Kompliment: Da habt ihrs endlich einmal kapiert.

Doch rückt er wirklich ab? Wechselt er tatsächlich die Fronten? Erst Jahre nach den Ereignissen tischt er seine Worte über das NS-Ende im Land Salzburg auf und stellt sich selbst als Held in den Mittelpunkt. Im Nachhinein tut er, als hätte er, er allein, schon lange vor dem

Mai 1945 verstanden, es geht dem Ende zu. Im Garten der Villa in Stumpf hat er dann einen Vorschlag parat:

Igeln wir uns ein! Wenn die Amis kommen, schießen wir drauf, dann hauen sie uns eh zusammen.

Weil sein Kampf verloren ist, hält der Gebirgsjäger sein Leben für verwirkt und ist willens, sich und ganz Stumpf der Vernichtung preiszugeben. Er zeigt weder Erbarmen noch Reue. Ihm ist gleichgültig, was mit Stumpf, was mit dem Land Salzburg geschieht, könnte er seine Spießgesellen samt Gauleiter überreden, das Feuer auf die amerikanischen Truppen zu eröffnen, wie der es noch am 30. April 1945 im Radio angekündigt hatte. Er werde die Truppen im Innergebirge erneut zum Widerstand formieren, hatte Scheel gesagt.

Unverhohlen beschreibt der Gebirgsjäger seinen inneren Zustand während der ersten Maitage 1945, und die Ortschronik druckt seine Worte ab. Der Gebirgsjäger beschreibt den Zustand des Amoks, des Selbstmordattentäters, der zu allem fähig ist.

Der Gauleiter und sein SS-Gefolge verwerfen den Vorschlag. Der Gebirgsjäger befolgt dann den letzten Befehl des Gauleiters und beschafft abgetragenes Gewand. Wohin kommen die hochverehrten Uniformen? Schneiden die SSler im Garten der Villa Kragenspiegel und Mitgliedsnummern als Andenken aus den Uniformröcken und verbrennen den Rest? Oder ist es gerade umgekehrt, sie verbrennen Kragenspiegel und Mitgliedsnummern und behalten den Rest? Bezeugt ist, die SSler verschwinden in die Berge. Der Gebirgsjäger geht mit Krücken auf einem Bein und bleibt deshalb in Stumpf.

Aus der Ortschronik, dem Taufbuch, aus Zeitungen und Dokumenten österreichischer Archive sammelte ich die ersten Bruchstücke dieser Gebirgsjägerlaufbahn. Ich ordnete die Bruchstücke chronologisch. Meine Versuche, daraus einen Bericht zu formen, verlaufen langsam, klebrig. Ich muss mich gegen Widerstände durchkämpfen. Nicht belehren, nicht anklagen, hat Leo gesagt.

Inzwischen ist mein fünfter Winter ohne Meret vorüber und das Frühjahr. Im Sommer schwamm ich in keinem See, ging selten durch den Wald, lag nicht unter dem weiten Himmel in den Wiesen. Einmal in jedem Jahr, hatte Rosa mir wieder und wieder gesagt, wenigstens einmal leg dich auf den nackten Erdboden, lass keine Decke zwischen dich und den Boden, streck dich ganz aus, dreh dich auf den Rücken, schau hinauf in den Himmel und erinnere dich, woher du kommst, und wohin du zurückkehren wirst. Rosa hatte sich wie eine Schamanin an diese Regel gehalten. Mir kam sie in diesem August nur in den Sinn, ich fand nicht die Ruhe, ihr zu folgen.

Seit ich die Laufbahn des Gebirgsjägers erforsche, gehe ich nach der Arbeit meist ohne Umweg nachhause an den Schreibtisch, ich treffe niemanden, jeder Anruf stört mich, ich gehe weder ins Kino noch ins Gasthaus. Bruno habe ich beleidigt. Ich bat ihn, mich eine Weile nicht zu besuchen, weil ich zu beschäftigt sei. Er ruft seither nicht mehr an, und ich nehme mir nicht die Zeit, mich bei ihm zu melden. Der Sommer ist fast zu Ende, draußen vergeht einer der letzten heißen Tage. Ich sitze im Nordzimmer der Wohnung in der Ambachstraße, starre auf das Dokument eines längst toten SSlers und komme nicht weiter. Erst wenn ich seine Geschichte durchdrungen habe, werde ich wieder frei sein. Damit ich sie durchdringen und erzählen kann, muss ich seine Geschichte in meinen Geweben haben, in meinem

Atem. Der SSler kommt mir nahe, wie sehr ich ihn auch von mir fernhalten will als den ganz anderen.

In einem Akt liegt ein Foto des Gebirgsjägers im Pyjama, es ist aufgenommen nach seiner Amputation. Nicht die Jagd, nicht der Krieg, nicht die Amputation haben in diesen Augen Spuren hinterlassen. Arglos und freundlich schaut ein ebenmäßiges, schmales, junges Männergesicht in die Kamera, mit treuherzigem Blick, als wäre nichts zu verbergen. Das soll ein SSler sein, einer aus dem Mordheer? Keine feiste Fratze grinst mir da entgegen, sondern ein Mann schaut mich an, dem ich die Laufbahn des Gebirgsjägers nicht angesehen hätte, der dreinschaut wie ein Freund. Noch dazu trägt er einen Pyjama, der meinem ähnlich ist.

Diese Suche ist mein Dienst für meine Toten.

Während ich lese, schreibe, von neuem lese, umschreibe, alles verwerfe, neu schreibe, verliere ich wieder und wieder die Zuversicht, aus meinen Bruchstücken entstünde je ein Bericht. Ich suche den Gebirgsjäger, doch ich will ihm nicht begegnen. Selbst wenn ich nur seine Zitate in der Ortschronik lese und sie vergleiche mit seinen Aussagen in der Vernehmung zur gleichen Sache, erfasst mich Widerwillen, und ich möchte weg von diesem Stück Holz, das keines ist.

In der Vernehmung nach dem Krieg hat der Gebirgsjäger für seine Situation im Mai 1945 den lapidaren Satz:

Ich stellte mich sofort der amerikanischen Behörde.

Die Amerikaner verhängten Hausarrest über ihn, heißt es im Vernehmungsprotokoll weiter, und ließen ihn Anfang Juli 1945 von einem Kriminalpolizisten verhaften.

Diese Vorgänge verwandelt der Gebirgsjäger in der Ortschronik in eine Heldenmär. Nachdem seine Kameraden in die Berge verschwunden waren, habe ihm ein alter Spezl in Stumpf ein Haus am Moorsee zur Verfügung gestellt, sagt er und prahlt dann:

Hineingesprungen ins Wasser und geschwommen. Da habe ich erfragt, dass die Amerikaner schon in Zach sind.

Wen? Die Fische?

Solche Fragen stellt die Ortschronik ihrem Helden nicht, sie lässt ihn fabulieren:

Der Panzer kommt herauf. Jetzt fangen sie mich. Ich bin noch geschwommen. Ein baumlanger Oberleutnant ist ausgestiegen. Ich schwamm zum Ufer, bin über die Wiese hinaufgehumpelt und bin dort gestanden bei ihm. Der ist weiß geworden bis zum Mund hinein, hat die Haken (sic) zusammengeschlagen, hat gesagt: Excuse me, Sir! Er ließ sich den Bürgermeister holen und ihm hat er gesagt, der steht unter meinem Schutz, wenn dem ein Haar gekrümmt wird, legt er ganz Stumpf in Schutt und Asche. Der Bürgermeister hat fast in die Hose geschissen.

Die Fäkalsprache zieht sich als brauner Faden durch die Erzählungen des Gebirgsjägers. Die Ortschronik gibt sie wieder und sagt wenig über die Monate nach der Verhaftung. Über diese Zeit hat der Gebirgsjäger in einer Vernehmung gesprochen. Der Kriminalpolizist brachte ihn nach Salzburg ins Gefängnis, dann wurde er überstellt nach Deutschland in verschiedene Lager für frühere Waffen-SS-Mitglieder. Im Oktober 1945 wird er zurückgebracht nach Salzburg.

Inzwischen haben Beamte des Hauptquartiers der amerikanischen Streitkräfte die Dokumente über seine NS-Laufbahn in Berlin gefunden und dem Österreichischen Innenministerium geschickt. Ab dem 30. Oktober 1945 ist er einer der achttausend Häftlinge der amerikanischen Streitkräfte im Lager Marcus W. Orr, genannt Glasenbach. Dort ist er jedoch nur gemeldet. Er lebt ab diesem Tag nicht im Lagerspital, sondern als Häftling und Patient im Heimkehrerspital Salzburg. Es war gegenüber dem Franziskanerkloster untergebracht, das sechs Monate zuvor noch Sitz der Gestapo war. Zwei Pyjamajahre liegen nun vor ihm.

Den Gebirgsjäger hatte ich nicht gekannt, weder Rosa, Felician noch Kaspar hatten ihn erwähnt, in ihrem Leben scheint er keine Rolle gespielt zu haben. Im Herbst fahre ich ins Innergebirge. Ich will Leute nach dem Gebirgsjäger fragen. Nenne ich seinen Taufnamen, kennt ihn niemand. In seinem Nachnazileben hat er sich einen anderen Vornamen zugelegt. Nenne ich den, höre ich, der war ein begnadeter Erzähler und Tierstimmenimitator. Begnadet. Jagdgeschichten hat er erzählt, bei Brauchtumsveranstaltungen ist er aufgetreten.

Ich meide Brauchtumsveranstaltungen und habe die Stumpfer Blasmusikkapelle frühzeitig verlassen, weil ich Märsche nicht ertrage, ausgenommen Trauermärsche, wie sie in New Orleans oder Innervillgraten gespielt werden. Sobald beispielsweise der Radetzkymarsch erklingt, schließe ich die Ohren. Ich verstehe nicht, warum Leute das Wiener Neujahrskonzert freiwillig hören, klatschen und schunkeln zur Kriegsmusik.

Die Leute im Innergebirge tun erstaunt, wenn sie erfahren, der Geschichtenerzähler und der Gebirgsjäger waren ein und dieselbe Person. Angeblich hat nie jemand nach seinem Nazileben gefragt. Ich höre, er war Lehrer, Jäger und Soldat, sei kriegsversehrt zurückgekehrt, und wäre dann sofort wieder Lehrer und Jäger geworden.

Ich besuche Wawi. Am Anfang meiner Suche fragte ich sie nur nach dem Geburtsort des Gebirgsjägers und kam gar nicht auf den Gedanken, sie könne mehr als das wissen, denn ich wusste selbst nichts. Sie ist bei Pflegeeltern aufgewachsen. Zu Weihnachten oder wenn ausgewanderte Verwandte auf Besuch kamen, erzählt sie, spielten die Pflegeeltern zuerst Tonaufnahmen von Karl Heinrich Waggerl, anschließend die Aufnahmen der Geschichten des Gebirgsjägers. Dann sagt Wawi: Er war ein Obernazi, das weiß hier doch jeder, und das stört niemanden.

Was hat er getan? frage ich. Genaueres weiß sie nicht.

Ich brauchte lange, mich aus dem Graben, aus dieser Verlassenheit, aus diesem Abseits, ein Stück weit in die Welt hineinzuarbeiten. Erst als ich Meret kennenlernte, fiel mir das leicht. Nach ihrem Tod driftete ich aus der Welt wieder hinaus, nicht wissend wohin. Außer meiner Arbeit wollte ich nur noch das erledigen, von dem ich glaubte, es wäre meine Aufgabe, niemand anderer könnte es an meiner Stelle tun. Eine Selbstüberhebung.

Ich fahre zurück nach Wien, gehe wieder in die Archive. Im folgenden Jahr verbringe ich meinen Urlaub bei Leo in der Einsiedelei und in den Archiven anderer Städte. Dort finde ich Dokumente, die ich noch nicht kenne, durchsuche sie verbissen und freudlos. Der Versuch, über das politische und berufliche Leben des Gebirgsjägers viel herauszufinden, ohne ihm als Person näher zu kommen, strengt mich mehr und mehr an. Ich ertappe mich dabei, wie ich von manchen seiner Aussagen auf seinen Charakter schließe. Wenn mir so eine Wertung bewusst wird, verbiete ich sie mir und streiche die Passage. Öfters vernichte ich dann alles bis dahin Geschriebene und beginne noch einmal von Anfang an zu schreiben, suchend nach einem mehr sachlichen

Ton. Doch wie ich die Ereignisse aus dem politischen Leben des Gebirgsjägers reihe, was ich betone und was weglasse, welche Begriffe ich verwende und welche Wortstellungen, das ergibt wieder einen schwedenreiterisch gefärbten Bericht, ohne dass ich mir auch nur einen Kleinkommentar erlaube. Schließlich gebe ich meinen Sachlichkeitszwang auf und setze an einzelne Stellen absichtlich Wertungen. Je länger meine Suche aber dauert, umso schwerer fällt es mir, den Abstand vom Gebirgsjäger zu halten. Ich beginne nämlich an ihn zu denken, bevor ich einschlafe, und ihm gilt mein erster Gedanke nach dem Erwachen. Meine Gedanken sind Meret untreu geworden.

Von den Dokumenten erwartete ich mir viel, doch sie sind anders, als ich sie mir vorgestellt hatte. Ich finde nicht die erhoffte Eindeutigkeit. Sie nennen für dasselbe Ereignis oft unterschiedliche Daten. Je nachdem, ob Arzt, Polizist, Untersuchungsrichter, Ministerialbeamter, Sozialamtsreferent, der Gebirgsjäger selbst oder eine seiner Ehefrauen aus einem Dokument sprechen, fallen die Darstellungen desselben Ereignisses unterschiedlich aus. Der Gebirgsjäger änderte seine Aussagen außerdem je nach dem Jahr.

1943 beispielsweise schreibt er, er sei 1932 der NSDAP beigetreten. 1947 spricht er von Ein-, Aus- und Wiedereintritt, von Mitgliedschaftsruhigstellung je nach Legalität oder Illegalität der NSDAP. Drei verschiedene Beitrittsjahre habe ich schließlich vor mir. Erst langsam lerne ich, dass ich mich nicht auf ein einzelnes Dokument verlassen darf, sondern die Dokumente einander wie Figuren gegenüberstellen muss. Diese Gegenüberstellungen bringen selten Eindeutigkeit, jedoch zeigen sie schließlich eine höhere Wahrscheinlichkeit für eine Variante.

Während seiner beiden Pyjamajahre wird der Gebirgsjäger zweimal verhört. In dem ersten Verhör, bei der Polizei, spricht er über den März 1938 in Pinz. Er sagt, er habe Gegner des Nationalsozialismus festnehmen und einsperren lassen. Habe einer als schwarzer Lump gegolten, sagt er, sei der einer kleinen Maßregelung nicht entgangen. In diesem Verhör sagt der Gebirgsjäger selbst, dass er in Pinz mehr war als nur Lehrer.

Einsperren lassen konnte er politische Gegner, weil er, wie das Hauptquartier der amerikanischen Streitkräfte in Österreich herausfand, Mitarbeiter des NS-Sicherheitsdienstes war, Zuarbeiter der Gestapo. Ein Revierinspektor bestätigte nach dem Krieg die Macht des Gebirgsjägers in Pinz:

Er galt während der Verbotszeit der NSDAP ... als der führende Mann in der NSDAP, er ... übernahm ... nach der Annexion Österreichs ... sofort die Leitung der Ortsgruppe ... er gehörte zu den fanatischen Anhängern der NSDAP. Dass er durch Denunziationen oder sonstwie geschädigt hat, ist nicht bekannt geworden.

Einem späteren Abgeordneten zum Nationalrat waren solche Schädigungen allerdings bekannt. Er schreibt, der Gebirgsjäger habe in Pinz als SS-Scharführer gemeinsam mit der Gestapo politische Gegner den härtesten Schikanen ausgesetzt, habe sie wieder und wieder verhört und internieren lassen.

Ein Untersuchungsrichter führt das zweite Verhör in der Pyjamazeit des Gebirgsjägers. In diesem Verhör nennt der sich selbst Intellektueller. Sein höchster Bildungsabschluss war die Matura, bis 1939 war er Volksschullehrer. Intellektueller, das war nicht irgendein Wort. Das war bis kurze Zeit vor dem Verhör ein Kampfbegriff. Er wurde Ende des 19. Jahrhunderts in Frankreich während der Dreyfus-Affäre positiv verwendet. In Nazideutschland war das Wort aber ein Schimpfwort, das andersdenkende Personen verspottete.

Intellektueller, die Bezeichnung fliegt dem Gebirgsjäger in diesem Nachkriegsverhör in den Kopf, intuitiv, schnell ist sie heraußen. Wird sich der Gebirgsjäger jetzt nicht etwa von den Nazis distanzieren? Wie schon in seiner Prahlerei über die letzten SS-Stunden im Garten der Villa in Stumpf, tut der Gebirgsjäger in diesem Verhör so, als wechselte er, gestützt auf zwei Krücken, blitzschnell die Fronten. Dabei hat der Untersuchungsrichter in diesem Verhör gar nicht nach der politischen Laufbahn des Gebirgsjägers gefragt. Vielleicht hat der deshalb nur in diesem einen Verhör seine Vorstrafe erwähnt, 1934 erhielt er sie, wegen Gefährdung der körperlichen Sicherheit. Ich weiß nicht, wen er da wie gefährdet hat, den Gerichtsakt finde ich in den Archiven nicht. 1934, im Jahr des nationalsozialistischen Putschversuchs, hat der Gebirgsjäger sich auch den rechten Unterschenkel gebrochen, ob auf der Jagd oder während seiner politischen Tätigkeit, geht aus den Dokumenten nicht hervor. 1982 sagt er in einem Interview mit dem Salzburger Regionalradio, er habe sich in jenem Jahr beim Motorradfahren verletzt.

Nach den beiden ersten Verhören blieb der Gebirgsjäger im Pyjama vorerst unbehelligt.

Ich finde Fotos aus dem Lager Glasenbach. Sie zeigen dortige Häftlinge Zeitung lesend. Daraus schließe ich, dass deren Häftlingskollegen im Heimkehrerspital ebenfalls Zeitungen zur Verfügung hatten und der Gebirgsjäger im Juni 1946 daraus erfährt, dass seine beiden Chefs, Springenschmid und Scheel, auf der Liste der Salzburger Kriegsverbrecher stehen. Ebenfalls in der Zeitung wird der Gebirgsjäger Ende 1946 die Forderung des sozialdemokratischen Salzburger Bürgermeisters gelesen haben, die Entnazifizierung der knapp zehn Prozent als nationalsozialistisch registrierten Salzburger und Salzburgerinnen zu beenden, damit der Wiederaufbau möglich werde.

Entnazifizierung kommt mir vor wie ein Gemisch aus Entlausung und Desinfizierung. Fizierung, sagte mir Leo, hat ihren Ursprung in dem lateinischen Wort machen. Ent, die Vorsilbe, verweist ursprünglich auf das Ende, und hat hier die Bedeutung ab, davon, los. Mitten im Wort steht ein Nazi, wie er vorher mitten im Kollektiv stand. Nun soll er los von dem Kollektiv und, wenn schuldig, bestraft werden.

Die amerikanischen Militärbehörden versuchten nicht, das Nationalsozialistische aus dem Denken der Einzelnazis zu entfernen. Die Amerikaner versuchten nicht einmal, die Glasenbacher in Demokratie zu schulen. Eher schulten im Lager Glasenbach hohe nationalsozialistische Funktionäre ihre früheren Untergebenen.

Die Alliierten beteiligen fünf verschiedene Institutionen an der Entnazifizierung. Der Nationalrat veröffentlicht im Verbotsgesetz die Regeln der Entnazifizierung. Die amerikanische Militärregierung tüftelt zweiundzwanzig Fragen aus, die jeder, der Nazi ist, beantworten muss. Der Salzburger Landeshauptmann fordert alle Nazis auf, sich in ihren zuständigen Gemeinden registrieren zu lassen und die Fragen zu beantworten. Wer sich nicht meldet und den Fragebogen nicht oder falsch ausfüllt, werde bestraft. Die ausgefüllten Fragebögen darf jeder lesen und, wenn er will, abschreiben. Wer mehr als ein Mitläufer war, wird angeklagt, Volksgerichte führen die Verfahren.

Nach dem Wunsch der Alliierten soll sich die ganze Republik an dem Versuch beteiligen, die Nazis aus dem Kollektiv zu entfernen. Doch nur wenige Österreicher teilen diesen Wunsch. Die Tinte auf den Fragebögen ist noch nicht recht trocken, da beginnt schon die Hetze gegen das Verbotsgesetz. Statt das Land zu befrieden, bringe es Chaos und Verbitterung, sagen sogar Leute, die kurz zuvor noch Häftlinge in einem der Konzentrationslager waren.

Beide großen österreichischen Parteien verfassen zu Gunsten der Nazis Gesetzesentwürfe, von denen die Parteien wissen, der Alliierte Rat wird sie nicht genehmigen, doch das Signal ist gesendet: Wir lassen euch nicht im Stich. Auch die österreichischen NS-Kriegsverbrecher, die in ausländischen Gefängnissen sitzen, erhalten rechtliche und finanzielle Unterstützung des neuen österreichischen Staates. Zeit lässt der sich aber mit der Entschädigung für Rosa. Sie wartet nach ihrer Konzentrationslagerhaft zwanzig Jahre auf eine Opferfürsorgerente, viele warten bis zu ihrem Tod vergeblich.

Der Gebirgsjäger beantwortete die zweiundzwanzig Fragen über seine Nazijahre vermutlich im Heimkehrerspital. Sollte sein Fragebogen öffentlich aufgelegt worden sein, dann in der Gemeinde im Tennengau, wo er 1947 gemeldet, aber nur im Schuljahr 1938/39 Lehrer war. Dort mochten sich zwar manche Kollegen an ihn erinnern, doch die dortige Bevölkerung interessierte sich nach dem Krieg nicht für sein Nazileben. Im Tennengau hatte er zu kurz gelebt. Pinz, wo er die Schule und die Nazipolitik sechs Jahre lang maßgeblich bestimmt hat, erfuhr in dieser Zeit nichts über ihn. Pinz vergaß das Nazileben des Gebirgsjägers und ließ ihn in die Geschichte eingehen als Lehrer. Sein Fragebogen lag vermutlich im Tennengau.

Im Juli 1947 wird der Gebirgsjäger aus der amerikanischen Kriegsgefangenschaft im Heimkehrerspital entlassen. Bereits in der folgenden Woche wird er zur Staatspolizei vorgeladen und verhört, anschließend erstattet die Polizei gegen ihn Anzeige wegen Hochverrats. Wenige Tage später wird er in Untersuchungshaft genommen. Seine Frau schreibt noch am Tag der Verhaftung ein Ansuchen um seine Entlassung. Darin bestreitet sie nicht seine Zugehörigkeit zur NSDAP und zur SS. Zu seiner Charakterisierung verwendet sie dieselbe Bezeichnung, die Adolf Eichmann in seinen Gesprächen mit dem SS-Mann Willem Sassen zur Selbstbeschreibung verwendet hat: nationalsozialistischer Idealist.

In der Untersuchungshaft wird der Gebirgsjäger neuerlich verhört. Hat er in den Verhören 1946 noch mit seiner 1938er Macht in Pinz geprotzt, scheint er nach fast zwei Pyjamajahren verstanden zu haben, dass Betteljahre begonnen haben, und er fünf bis zehn Haftjahre riskiert, gelingt ihm die Entkräftung der Vorwürfe nicht.

Eine Vorstrafe habe er nicht, behauptet er nun.

Parteiauszeichnung?

Im ersten Verhör sagt er nein, im zweiten sagt er ja, im dritten sagt er wieder nein.

Ortsgruppenleiter in Pinz?

Aber nein, er habe die Gegner in Pinz zu human behandelt, sei nur Helfer und Berater des Ortsgruppenleiters gewesen, aushilfsweise, krankheitshalber habe er vertreten. Ein Arbeiter aus Pinz hat das eidesstattlich bestätigt. Diese Bestätigung hat einige Rechtschreibfehler, und ein Wörtchen entlarvt den Schrieb als diktiert: lediglich.

Der Gebirgsjäger hat das Wort in seinen Schriftsätzen verwendet, aus dem Mund eines Pinzer Arbeiters, wie mein Vater Kaspar einer war, hört man es nicht.

Ein anderer Pinzer Freund des Gebirgsjägers, Fleischhauer von Beruf, bestätigt, er habe mit dem Gebirgsjäger nie über Politik gesprochen, weil ja weder er selbst noch der Gebirgsjäger je irgendwelchen politischen Interessen nachgegangen seien.

Funktionen in der SS?

Er habe sich 1936 als Bewerber zur SS gemeldet, sagt der Gebirgsjäger zuerst. Eine Woche später behauptet er, von einer Betätigung als SS-Bewerber könne keine Rede sein und widerspricht sich schon im folgenden Satz: Wir waren in dieser SS-Gruppe nur vier Mann, wir haben uns geschichtlich geschult und Sport getrieben.

Im Vorkrieg bestand der ganz gewöhnliche SS-Dienst aus je zwei Stunden Sport und Schulung pro Woche.

Weitere Funktionen in der NSDAP?

In der NSDAP habe er keine Funktion bekleidet, antwortet der Gebirgsjäger, um sich auch bei dieser Antwort im folgenden Satz zu widersprechen: Er sei Kreiswalter des nationalsozialistischen Lehrerbundes gewesen, damit auch automatisch Kreisamtsleiter für Erzieher. Diese Funktion habe aber keine Bedeutung gehabt.

Nach einem Monat Untersuchungshaft wird der Gebirgsjäger Anfang September 1947 gegen Gelöbnis entlassen. Wegen des Verdachts auf Hochverrat macht das Landesgericht in Linz das Verfahren gegen ihn anhängig.

Im April 1948 wird er in Salzburg Handelsangestellter. Als Beruf nennt er nun abwechselnd: Lehrer a. D., Hilfsarbeiter oder Handelsangestellter, je nachdem, an wen er schreibt, oder von wem er befragt wird. Auch

Jahre nach dem Krieg behauptet er noch, er sei nach seiner Kriegsverletzung 1942 sofort wieder Volksschullehrer geworden und sei dies bis 1945 geblieben. Als Adjutant des Gauleiters hat er aber bis Ende April 1945 auf dem Briefpapier der Gauleitung Salzburg Briefe geschrieben, zum HeilHitler hat er stets ein Rufzeichen geworfen. Den Rufzeichen blieb er auch in der Zweiten Republik treu.

Im April 1948 werden fast eine halbe Million ehemaliger Nationalsozialisten in Österreich amnestiert, weil sie als Minderbelastete gelten, in Salzburg sind es fast 29.000.

Ist der Gebirgsjäger auch dabei?

Nein, diesmal ist er nicht dabei.

Er gehört wie 2.760 andere Salzburger zu den Belasteten, gehört zum harten Kern der Nationalsozialisten. Um seine Zukunft muss er sich in diesem, seinem vierzigsten Jahr dennoch keine Sorgen machen, es kann nicht mehr allzu lange dauern, bis er wieder in der Mitte der Salzburger Gesellschaft angekommen sein wird. In Wien hat das Innenministerium bereits im Jahr zuvor begonnen, kommunistische Polizisten durch ehemalige Nationalsozialisten zu ersetzen. Die Sozialdemokraten nehmen belastete Nazis – und besonders gern die Intellektuellen – als Mitglieder auf, und bemühen sich wie die Volkspartei, aus Belasteten Minderbelastete zu machen und für deren Entnazifizierungszeit Nachzahlungen aus Steuergeld zu erwirken.

Der Gebirgsjäger nimmt sich zwei Salzburger Anwälte, die beim Landesgericht Linz die Einstellung seines Strafverfahrens beantragen. In diesem Antrag erklärt er, warum er in dem Fragebogen über seine Nazijahre angegeben hat, er sei SS-Untersturmführer gewesen:

Nur vorsichtshalber. Ihm sei nicht einwandfrei bewusst gewesen, dass er zu diesem Dienstrang niemals ernannt bzw. befördert worden sei. Er habe diesen Dienstrang lediglich formell erhalten, er sei ihm nie von der SS selbst zuerkannt worden. Seit Kriegsbeginn wären Beförderungen in der SS überhaupt nicht vorgenommen worden, behauptet er.

Damit wäre, folgern die Anwälte, lückenlos und hinlänglich der Nachweis erbracht, dass der Tatbestand des Hochverrats in seinem Fall nicht gegeben wäre.

Das Gericht besitzt aber die Abschrift seiner Beförderungsurkunde zum SS-Untersturmführer, ausgestellt am Geburtstag des Führers 1943 in Berlin, unterschrieben von Heinrich Himmler. Ob seine Beförderungsurkunde zum Waffen-SS-Obersturmführer dem Gericht ebenfalls vorlag, ist aus den Akten nicht ersichtlich.

Seit der Gebirgsjäger 1942 seinen Unterschenkel verloren hatte, gehörte er zur Versehrtenstufe 2. Ein Arzt des Innergebirges beförderte ihn 1948 in die Versehrtenstufe 3, die ihn von den Sühnefolgen des Verbotsgesetzes befreit hätte, wäre er als Minderbelasteter eingestuft worden. Er blieb aber einer, den das Gesetz als Belasteter bezeichnet.

Im Oktober 1949 stellt der Gebirgsjäger beim Landesgericht Linz keinen weiteren Antrag, sondern er bittet. Ohne anwaltliche Unterstützung bittet er das Gericht ein zweites Mal um Einstellung seines Strafverfahrens. Vergeblich.

Da begibt sich der Gebirgsjäger auf den Gnadenweg. Er wendet sich in Salzburg an Leute, die er wenige Jahre zuvor noch als schwarze Lumpen bezeichnet und verfolgt hat. Sie verfassen für ihn ein Gnadengesuch.

Dessen ungeachtet erhebt die Staatsanwaltschaft Linz im März 1950 Anklage gegen den Gebirgsjäger wegen Hochverrats. Die Anklage ist kaum erhoben, da beantragt der Angeklagte einen Waffenschein, für Jagdzwecke.

Ob er diesen Waffenschein während des laufenden Verfahrens bekommt, oder ob er am 1. Oktober 1950 am Hochkönig nur wildert, geht aus den Akten nicht hervor. Überliefert ist ein Foto, das zeigt vor einem Ungeraden Zehner kniend den Gebirgsjäger. Er trägt ein kariertes Hemd, Fernglas, Trachtenjacke, Lodenhose, Filzhut mit Gamsbart, wie ein gewöhnlicher Salzburger Jäger. Unter dem Foto sind handschriftlich Ort und Tag des Abschusses sowie der Name des Jägers vermerkt.

Bevor er Gebirgsjäger wurde, war er mit zwanzig Jahren schon Jäger gewesen, und als er nicht mehr Gebirgsjäger war, hatte er noch nicht genug hingeschlachtete Leiber gesehen und wollte wieder Jäger werden. Er war süchtig nach Hinterhalt, Auflauern, Hetzen, nach Konzentration auf Kimme und Korn. Schuss, das Lid bricht, warmes Blut rinnt.

Je länger ich mich mit dem Gebirgsjäger und mit der Ortschronik beschäftige, desto weniger verstehe ich. Doch das Nichtverstehen fesselt mich an diesen Jäger und an Stumpf. Ich verstehe nicht, warum er der Bewegung hörig blieb, nachdem deren Krieg ihn ein Bein gekostet hat. Und ich verstehe weit mehr nicht.

In Stumpf verschickt kurz nach dem Zweiten Weltkrieg ein ehemaliger Schuldirektor, wieder ein Lehrer, zu Werbezwecken versehentlich Prospekte aus der Zwischenkriegszeit. Sie werben für die arische Sommerfrische Stumpf.

Stumpfer sind ordentliche, tüchtige Leute. Im Schweiß ihres Angesichts bauen sie Häuser, und sie arbeiten hart, damit sie Autos und den Lebensunterhalt für ihre auf den Fachhochschulen studierenden Kinder bezahlen können. Die Stumpfer besitzen viele Dinge und wirken friedensmüde.

Nach Stumpf kommen mehr und mehr Gäste, und mehr Deutsche denn je kaufen dort Zweitwohnungen. Stumpf lebt gut von Wanderern, Wellnässern, Psychoseminartouristen. Bei diesen Seminaren stellen die Gäste unter therapeutischer Anleitung Familienverstrickungen auf, darin kommt meistens ein Nazi vor. Die Gäste bringen ihre Familiengeschichten aus Wien, Hamburg, Zürich oder Berlin mit. Vor der Gebirgskulisse grübeln sie über ihre Herkunft und ihr Gewordensein. Die Kulisse des hügeligen Plateaus ist erhebend, ihr Luxus unaufdringlich. Weder die Geschichte des Ortes noch das Stumpfer Wahlverhalten beeinträchtigen das Wohlbefinden der Gäste. Sie bleiben bei den Aufstellungen mit den Therapeuten und Therapeutinnen unter sich, kaum ein Stumpfer hat sich je in ein Aufstellungsseminar verirrt.

Thomas Bernhards Name hält für die Stumpfer Literaturtage her, die Gäste reisen bis aus Norddeutschland an. Bernhards Verzweiflung wird in Stumpf zu amüsanten Poetry-Slams mit DJ-Party an Haubenküche gemischt. Hoteliers schätzen den Autor als Gästezahlsteigerer. Gegen die Verleumdungen der Ortschronik erheben die Stumpfer Literaturtage und der Stumpfer Kulturclub ihre Stimmen nicht.

Historiker werden mein Nichtverstehen und meine Suche belächeln. Ich werde aber nicht länger darauf warten, dass sie ihre Forschungen auf Stumpf und Pinz ausdehnen. Ich weiß nicht, wie viel Zeit mir noch bleibt. Nie weiß einer, wie viel Zeit ihr noch bleibt. Eines Abends im Frühjahr sang ich mit Meret: Es saß ein klein wild Vögelein / es sang die ganze Winternacht. Sie konnte die Worte nicht mehr singen, aber sie konnte noch summen, innig summte sie. An jenem Abend deutete sie mir nach dem Singsumm, ich solle gehen, nachhause gehen, sie wolle allein sein. Ich ging, ging mit dem letzten Lied und sah Meret danach lebend nie mehr. Der Tod überrascht uns, auch wenn wir ein Leben lang Zeit haben, seine Ankunft vorzubereiten. Seit Meret tot ist, fürchte ich mich vor meinem Sterben nicht mehr, manchmal sehne ich es herbei, fürchte nur noch ein wenig ewiges Seelenleben. Mir wäre lieber ein Ende.

Prinz Albrecht

Bruno wohnt an der Hochbahn. Er lebt mit Katzen und einem Keyboard, er hat Teppiche in seiner Wohnung und Samtvorhänge. Auf dem Weg zu meinem Nachtdienst besuche ich ihn. Sein Haus steht in der Nähe der Donaubrücke, sie wird in dieser Nacht mein Arbeitsplatz sein.

Bruno hat das Schach aufgestellt. Wir kommen nicht recht ins Spiel, er unterbricht mit Fragen. Er scheint etwas beleidigt, weil ich meine Zeit der Suche nach dem Gebirgsjäger widme, nicht den Freunden. Warum dauert diese Sucherei so lange, fragt er, so viele Akten kann es doch über diesen einen Mann nicht geben. Ich erfinde den Gebirgsjäger nicht, sage ich. Er hat achtzig Jahre im Land Salzburg gelebt. Ich muss Dokumente über ihn finden, wenn ich seine Laufbahn rekonstruieren will. Liegen denn diese Dokumente nicht alle in Salzburger Archiven? fragt Bruno. In Salzburg wurden nach dem Krieg die Akten gern geschreddert, sage ich, dort habe ich nur ein Fotoalbum gefunden. Das Archiv des Gauleiters, seines Chefs, ist noch immer gesperrt. In Linz fand ich den Hinweis auf Akten in einem Berliner Archiv. Ich schrieb dorthin. Einige Wochen später kam die Antwort, Akten dieser Person seien vorhanden, aber es würde lange dauern, bis sie ausgehoben seien. Seit ich nach Berlin geschrieben habe, sind Monate vergangen, inzwischen zweifle ich, ob ich von dort jemals noch eine Nachricht erhalten werde. Und wenn du keine bekommst? fragt Bruno. Ich weiß nicht, sage ich, ich habe mir darüber noch keine Gedanken gemacht.

Die Fenster stehen offen, im Osten leuchtet wieder und wieder ein Wetter, von der Hochbahn kommt ein hohes singendes Geräusch ins Zimmer. Jetzt fängt das schon wieder an, jammert Bruno, gleich wird er stampfen. Wer wird stampfen? Dieser Zug, sagt er, seit einer Woche arbeiten sie jede Nacht auf der Hochbahn, stundenlang, mit einem Zug, ich muss mitten im Mai die Fenster schließen. In diesem Moment kommt von der Hochbahn ein schweres stampfendes Geräusch herauf. Das kommt mir bekannt vor, sage ich, das klingt wie der Innergebirgler. Ich verlasse das Schachbrett und gehe zum Fenster. Das ist kein Innergebirgler, sondern ein Zug, sagt Bruno, er hat vorn und hinten eine Fahrerkabine, dazwischen sitzt ein Kran. Genau, sage ich, das ist der Brückenkontrollzug, den gibt's nur einmal in Österreich und zuhause ist er in einem Bahnhof des Innergebirges. Wegen diesem Zug habe ich mehr als einmal mit Meret gestritten. Warum? fragt Bruno. Manchmal steht er in seinem Heimatbahnhof, erwidere ich, dort haben wir Wawi oft abgeholt. War der Zug da, schaute ich ihn mir an und kümmerte mich um nichts anderes. Sein Kran ist in alle Richtungen schwenkbar, am Kran hängt ein Tragkorb. Man steigt auf dem Zug in den Korb und kommt vom Gleis ohne Gerüst unter jede Brücke.

Zuerst hat Meret über meine Begeisterung gelacht. Als ich den Zug schon mehrmals gesehen hatte, und ich ihn beim nächsten Wiedersehen noch einmal genau betrachten wollte, sagte Meret: Paul, du bist kindisch, spätpubertär, fahr sofort los. Das hat mich gekränkt, ich wurde stur und antwortete während unserer Fahrt nach Wien einsilbig. Meret hat mir danach einen Modellbausatz dieses Zuges geschenkt. Ein Zeichen der

Versöhnung, mich hat das noch einmal gekränkt. Wie konnte sie nicht wissen, dass ich den Eisenbahnmodellbau kindisch finde, Spielzeug für Buben.

Warum hast du dich nicht bei der Bahn beworben, wenn dich dieser Zug so interessiert? fragt Bruno. Ich habe mich beworben, aber zu spät, ich war schon zu alt. Vorbei. Alles vorbei. Jetzt schauen wir aus dem Fenster, schauen, was die Kollegen von der Bahn auf der Hochbahn machen. Du weißt, sie heißt Italienerschleife. Nein, das weiß ich nicht, sagt Bruno. Du wohnst doch hier seit Jahren, sage ich. Italienische Kriegsgefangene haben im Ersten Weltkrieg die Viadukte und Dämme der Hochbahn gebaut, daher hat sie ihren Namen. Du kennst wohl nicht einmal die Weinende Brücke an der Hochbahn? Sie ist ganz in der Nähe. Der Bildhauer Wander Bertoni, italienischer Zwangsarbeiter im Zweiten Weltkrieg, hat sie zur Erinnerung an seine Leidensgenossen gestaltet. Ich bin pensionierter Musikalienhändler, sagt Bruno. Die Hochbahn war jahrelang stillgelegt, hätte ich geahnt, dass diese alte Trasse je wieder genutzt wird, hätte ich mir nicht hier eine Wohnung gekauft. Schau, sage ich und zeige mit dem Finger hinunter zur Hochbahn, drei steigen in den Tragkorb. Ihnen voraus huschen die Lichtkegel der Stirnlampen. Der Kran hebt den Korb, er schwebt im Nachthimmel über die Italienerschleife, der Kran schiebt sich flach hinaus zu den Lichtern der Stadt, sinkt langsam zu Boden, und die drei steigen aus. Was werden die machen? fragt Bruno. Keine Ahnung, sage ich. An dem Brückenkontrollzug auf der Hochbahn hängt ein Kesselwagen, zwei Männer schrauben einen Feuerwehrschlauch an, legen ihn aufs Gleis. Wasser strömt ins Gleis und unten aus dem Viadukt heraus.

Die Männer, die unten aus dem Tragkorb gestiegen sind, suchen die Viaduktwand jetzt mit Taschenlampen ab, fotografieren, messen. Schaut aus, als würden sie einen Wasserschaden simulieren, sage ich. Es wird stürmisch, sagt Bruno, machen wir die Fenster zu. Noch einen Moment, sage ich. Die drei Männer unten laufen zurück zum Korb, es blitzt, oben auf dem Gleis schrauben zwei den Feuerwehrschlauch vom Kesselwagen ab, der Kran zieht den Korb hinauf, eine Bö schüttelt ihn, Donner rollt und schwere Tropfen platzen auf den Helmen. Da bekommt mein Telefon eine Nachricht von Bündt: Wo bleibst? Ich müsste längst bei der Arbeit sein. Meret hatte recht, der Brückenkontrollzug bringt uns Ärger. Wir hatten nur vierzehn Jahre miteinander, jeder Streit hat uns Zeit gestohlen. Ich nehme die Tasche mit meinem Arbeitsgewand, zum Umziehen ist es zu spät, verabschiede mich überstürzt von Bruno, hetze zum Auto und bin kurze Zeit später auf dem Parkplatz, wo ich mit den Kollegen verabredet bin. Unpünktlich bist sonst nicht, sagt Bündt zur Begrüßung. Zu viel Wind für die Kiste, sage ich. Wir setzen uns zu den anderen Kollegen in den Firmentransporter und warten. Der Regen peitscht den Wagen, die Laternen auf dem Parkplatz erlöschen, der Wind wird ein Sturm. Eine Stunde später entlässt uns Bündt wegen des Unwetters. Um ein Uhr früh erreiche ich unser Haus in der Ambachstraße. Kein Zigarettenrauch empfängt mich, das Wetter hat sogar den Nachbarn von seinem Fensterplatz vertrieben.

Im Computer ist am folgenden Tag eine Mail aus Berlin. Die Akten sind ausgehoben. Jemand muss sie im Archiv durchsehen und persönlich den Kopierauftrag unterschreiben, vierzehn Tage sei dafür Zeit. Ich bekomme so kurzfristig keinen Urlaub. In Berlin lebt eine Freundin von Meret. Sie geht für mich ins Archiv. Sie sagt am Telefon, viele der Dokumente seien schwer lesbar, Feuer und Wasser sind ihnen zu nahe gekommen. Zehn Tage später ist die Berliner CD in der Ambachstraße. Die Dokumente drehen sich um Verlobungs- und Heiratssachen.

Im Februar 1943 bricht der Gebirgsjäger nicht dem Führer, sondern seiner deutschen Verlobten die Treue, zahlt den geforderten Ersatz von zweitausend Reichsmark, und bittet die SS in Berlin um Erlaubnis, eine Salzburgerin heiraten zu dürfen. Zwei Salzburger SS-Leute bürgen für die Braut, bestätigen ihr einen beweglichen, scharfen aber fraulichen Verstand und bekräftigen, was der Fragebogen vorgibt: sie sei zuverlässig und kinderlieb, nicht herrschsüchtig, sondern kameradschaftlich, nicht flatterhaft und putzsüchtig, sondern häuslich. Putzsüchtig, dieses Wort bezieht sich 1943 noch auf Körper und Kleidung der Braut und nicht auf deren Räume. Die Brautleute müssen Auskunft geben über ihre eigenen Kranken- und Schlafzimmer sowie die ihrer Familien. Nach peniblen erbgesundheitlichen und stammbäumlichen Befragungen heiratet der Gebirgsjäger im Mai 1943 die Tochter einer angesehenen Salzburger Familie, sie hat ihre Sommerfrische oft in Stumpf verbracht. Die Entlobung von der deutschen Braut und die Heirat mit der Salzburgerin finden statt, während der Gebirgsjäger, sofern man seinen Behauptungen glaubt, nach wie vor Patient verschiedener Lazarette ist.

Erst eine Woche nach der Hochzeit gibt das SS-Rassehauptamt seine Zustimmung zu der Heirat. Auf eine Eintragung ins Sippenbuch der SS könnten die Eheleute aber nicht hoffen, weil sie drei Krankheitsfälle aus ihren Familien gemeldet haben. Zu den Abstammungsnachweisen fehlen noch Urkunden, zurückgehend bis zum 1. Januar 1800, die müssten die Eheleute spätestens ein Jahr nach Kriegsende nachreichen. Die Braut erhält Aufschub bis zum 1. Juni 1945, damit sie das Reichssport- oder BDM-Leistungsabzeichen erwerben und an den Lehrgängen des Mütterdienstes teilnehmen könne. Für die Nazis waren ihre Macht und ihr SS-Rassehauptamt offenbar ein ewiger Bestand. Auch in tausend Jahren sollten die Untertanen noch nachweisen müssen, mit wem der Ururgroßvater geschlafen hat.

Unter den Heiratssachen ist ein kurzer Brief des Gebirgsjägers an das SS-Rassehauptamt. Der Brief besteht nur aus zwei Sätzen. Der Gebirgsjäger ersucht um schnelle Übersendung seiner Heiratspapiere. Möglichst schnell will er jene Frau heiraten, von der er sich acht Monate später entloben wird. Nicht der Inhalt dieses Briefes macht mich stutzig. Vielmehr ist der Schreibort merkwürdig: Oslo, den 3. Juni 1942.

Im März 1942 war der Gebirgsjäger in einer Schlacht in Russland verwundet worden, wenige Wochen später wurde in Warschau sein Unterschenkel amputiert. Am 7. Mai 1942 wurde der Gebirgsjäger nach Finsterwalde verlegt, der Ort liegt in der Nähe Berlins. Von Finsterwalde, behauptet der Gebirgsjäger in einem Brief an sein Bataillon in Salzburg, sei er am 10. Juni 1942 nach Salzburg gefahren. Einen Zwischenaufenthalt in Oslo erwähnt dieser Brief nicht.

Warum hat der frisch Amputierte im Juni 1942 einen Zwischenaufenthalt in Oslo? Keines der Berliner und auch keines der österreichischen Dokumente des Gebirgsjägers enthält eine Antwort. Der kleine Hinweis auf Oslo findet sich nur in diesem einen knappen Brief.

Merkwürdiger noch als der Schreibort ist die Absender-Adresse, die der Gebirgsjäger in diesem Brief als seine angibt: Berlin – SW 11, Prinz Albrechtstraße 8. In der Prinz Albrechtstraße 8 befand sich das Hauptquartier der Geheimen Staatspolizei, das Gebäude Prinz Albrechtstraße 8 war außerdem Dienstsitz Heinrich Himmlers und seiner engsten Mitarbeiter.

Unter diese Absender-Adresse schreibt der Gebirgsjäger:

Einsatzgruppe Nord.

Ist einer Mitglied dieser Einsatzgruppe, wenn er die Einsatzgruppe unter seine Absender-Adresse setzt?

Nicht einmal Leo weiß Rat. Das könne nur ein Militärhistoriker beantworten, sagt er.

Die Einsatzgruppen waren sogenannte Sondereinheiten des Sicherheitsdienstes und der SS. Die Einsatzgruppen organisierten und vollzogen den Holocaust. In den Einsatzgruppen waren die Mörder.

Der Gebirgsjäger erwähnte in keinem Lebenslauf und in keiner Befragung je seine Mitgliedschaft in einer Einsatzgruppe. Der Zusatz zu seiner Absender-Adresse auf diesem einen Brief ist der einzige Hinweis, den ich auf seine mögliche Mitgliedschaft in der Einsatzgruppe Nord in den Akten finde. Der Gebirgsjäger hat sich als gewöhnlichen Soldaten beschrieben.

Was ich bisher über seine Kriegs- und Parteilaufbahn weiß, habe ich unter anderem aus seinen Antworten auf die Fragen eines Wehrmachtsarztes im Jahr 1944 und eines ärztlichen Sachverständigen im Jahr 1951. Ich hatte nicht damit gerechnet, der Gebirgsjäger würde auch in solchen Befragungen lügen. Lügen ist wohl das falsche Wort, er hat die Einsatzgruppe verschwiegen, nicht erwähnt. Naiv war ich. Ich wusste, dass er seit

1936 Mitglied der SS war, und hatte doch nicht daran gedacht, dass SS-Leute im Krieg nicht gewöhnliche Soldaten waren.

Eine Trauer erfasst mich. Meine Recherchen über den Gebirgsjäger hatten mich oft verstört, ich hatte die Dokumente dann in einen Ordner geheftet und meine Arbeit daran für Wochen, manchmal für Monate unterbrochen. Die Trauer ist anders, ohne Trost. Mein Boden ist nicht mehr sicher. Ich bin Brückenmeister, ich bin der Enkel eines Deserteurs, ich fühle mich meinem Vorhaben, die Laufbahn des Gebirgsjägers zu erforschen, nicht mehr gewachsen. Ein Draht geht durch meine Kehle und um mein Herz. Ich habe Angst.

Ich lasse die Berliner CD im Computer, schalte nicht aus und haste in meinem Hausgewand hinauf in den Wald, wo die Ambachstraße entspringt. Mein Wald, sage ich. Mein Wald gleicht an diesem Tag einem Feld nach der Schlacht. Stämme liegen übereinander gestürzt, in einander und in Kronen verkeilt, die Stämme verlegen schmale und breite Wege, ich muss wieder und wieder ausweichen. Wipfel geköpft und hingestreckt. Vor allem junge Hainbuchen hat der Sturm enthauptet. Von den alten hohen Eichen und Buchen stehen viele unversehrt. Die aber gestürzt sind, liegen ungebrochen in ganzer Länge, sind samt ihren Wurzeln aus dem Boden gehebelt. Die kreuz und quer gefallenen Baumleichen zwingen mich zu Umwegen, mehr und mehr Umwegen. Ungewohnt viele Leute begegnen mir, mit Gesichtern, als wäre der Gang durch den zerstörten Wald ein lustiges Abenteuer. Sie verschrecken mich, mir ist, als müsse ich vor ihnen davon, schneller und schneller laufen, mit dem rasender werdenden Gefühl, ich müsse Segel raffen, gäbe ich die Leinen aus der Hand, kenterte ich. Mit einem Mal weiß ich nicht mehr, wo ich bin, werde unruhig, zweifle an meinem Verstand, ich kenne diesen Wald seit Jahrzehnten. Schließlich stolpere ich aus den durchnässten Hausschuhen, stürze in eine gestürzte Wildkirsche, verblüht ist sie und liegt im vollen Laub.

Ich erwache aus einer kurzen Benommenheit, an meiner Schläfe taste ich etwas Feuchtes. Ich will nicht aufstehen. Verstrickt in dieses Wildkirschgeäst will ich für immer liegen bleiben. Ich wäre dann näher bei Meret. Ein Hund schreckt mich auf. Er gehört meinem Ambacher Nachbarn. Ihn sehe ich Tag für Tag am offenen Fenster rauchen, doch nie zuvor traf ich ihn unterwegs im Wald. Die Sturmschäden wolle er anschauen, höre ich ihn da schon sagen. Er werde mich ins Spital bringen. Aber nein. Ich gehe allein in meine Wohnung, die Platzwunde an der Schläfe verkrustet schon. Das letzte Stück des Weges gehe ich in den nassen Socken, schließlich barfuß.

Sollen doch Historikerinnen die Laufbahn des Gebirgsjägers erforschen. Ihre Hände zitterten nicht, läsen sie seinen Brief vom 4. April 1944. Er schreibt an diesem Tag aus der Gauleitung in der Residenz Salzburg an Himmlers Adjutant Grohtmann. Der hält sich ebenfalls in Salzburg auf, im Bergwald, Himmlers Feldkommandostelle, untergebracht in der ehemaligen Villa Trapp, Traunstraße 34. In diesem Brief an Grohtmann fasst der Gebirgsjäger seine Laufbahn in der Bewegung und in der SS zusammen. Er schreibt, er habe zum 46. Panzerkorps gehört, General Vidinghof, so schreibt er, 9. Armee, Generaloberst Model, fügt er hinzu, Division Reich.

Der General hieß Heinrich Gottfried Otto Richard von Vietinghoff und trug den Beinamen Scheel. Ich finde nicht heraus, woher dieser Beiname kommt, und ob eine Verwandtschaft besteht zu dem anderen Chef des Gebirgsjägers namens Scheel. Doch diese Namensgleichheit ist ein nebensächlicher Zufall, mit dem ich mich eine Weile aufhalte, damit ich über die Hauptsache hinwegsehen kann: Division Reich.

Bei der ersten Durchsicht enttäuschten mich die Dokumente aus Berlin. Nun wünschte ich, ich hätte sie nie bestellt.

Die Division Reich hat 1944 in Frankreich die Bewohner und Bewohnerinnen zweier Ortschaften massakriert, viele bei lebendigem Leib verbrannt. 1944 war der Gebirgsjäger längst amputiert und versah SS-Dienst im Hinterland. Die Division Reich hat aber ihre berüchtigte Brutalität auf dem Balkan und in Weißrussland eingeübt. Und bis März 1942 war der Gebirgsjäger aus Pinz dabei. Natürlich dabei.

Mich verlässt die Kraft, diesen Hinweisen weiter nachzugehen. Ich könnte noch einmal anfangen. Ich könnte den Taten des Gebirgsjägers in seiner Einsatzgruppe nachspüren. Ich könnte die Rolle des Gebirgsjägers in der Division Reich erforschen. Am Ende stünde ein völlig anderer Bericht als der, den ich bisher zusammengetragen habe. Ich will meinen Toten Gerechtigkeit verschaffen, aber ich will meine restliche Lebenszeit nicht dem Gebirgsjäger widmen. Mir liegt eher daran, meine Hand zu üben, zum Ende hin eine glückliche zu werden.

Hat die Stadt Salzburg nicht historische Institute, deren Diplomanden und Dissertantinnen Themen suchen? Die Dokumente des Gebirgsjägers werde ich einem dieser Institute übergeben. Doch hätten sie Interesse, die Macher der Nazizeit in Stumpf und Pinz genauer zu erforschen, wären sie längst selbst auf den Gedanken gekommen, den Spuren des Gebirgsjägers nachzugehen.

Kurz bevor die Staatsanwaltschaft Linz 1950 die Anklage gegen ihn erhebt, schickt die Landesleitung der ÖVP Salzburg für ihn ein Gnadengesuch nach Wien. Ausschließlich die schuldigen Nationalsozialisten seien zu bestrafen, heißt es, alle übrigen seien zu begnadigen. Wer aber war schuldig? Wer konnte das beurteilen?

Ich habe das Begnadigungsschreiben des Gebirgsjägers kopiert und in einen Ordner geheftet. Ich schaue mir das Schreiben wieder an. Der Gebirgsjäger habe seine Mitgliedschaft in der NSDAP, SS, SA usw. niemals missbraucht, heißt es dort.

Diesen Satz hatte ich schon mehrmals gelesen, hatte öfters gestutzt und vermutet, ein Sachbearbeiter hätte eine ungeschickte Formulierung gewählt. Mit dem neuen Wissen über den Gebirgsjäger entsetzt mich dieser Satz. Wo kommt er her? Erst jetzt lese ich genauer. Das ist kein Fehler eines Sachbearbeiters. Das Begnadigungsschreiben für den Gebirgsjäger zitiert ein österreichisches Gesetz. Das Verbotsgesetz. Als erste Bedingung der Begnadigung eines Nationalsozialisten verlangt dieses Gesetz, er dürfe seine Mitgliedschaft in der NSDAP, SS, SA usw. niemals missbraucht haben.

Die Erklärungen des Arbeiters und des Fleischhauers aus Pinz für den Gebirgsjäger fallen mir ein. Sie sind lächerliche Fetzen Papier gegen diesen tauglichsten, weil nationalrätlich legitimierten, aller Persilscheine. Er ermöglicht großkoalitionäres Vergessen, großkoalitionäres Buhlen um die Stimmen der Nazis, gewürzt ist er mit dem Hautgout des Salzburger Fürsterzbischöflichen Palais. Dessen langjähriger Chef Rohracher hatte gemeint, die Zugehörigkeit zur NSDAP sei an sich nichts Schlechtes gewesen.

Der Internationale Militärgerichtshof in Nürnberg sah das genauer und erklärte in seinem Urteil am 30. September 1946 die SS, die Gestapo und den NS-Sicherheitsdienst zu verbrecherischen Organisationen. Sie waren verantwortlich für die Verfolgung und Ausrottung der Juden, der Roma und der Sinti, verantwortlich für die Brutalitäten und Tötungen in den Konzentrationslagern, verantwortlich für die Übergriffe bei der Verwaltung besetzter Gebiete. Die SS hat außerdem das NS-Zwangsarbeiterprogramm umgesetzt, Kriegsgefangene misshandelt und ermordet.

Diese Erklärung des Militärgerichtshofes rückgängig zu machen, hielten nach dem Zweiten Weltkrieg die SS-Kameradschaften in Deutschland für eine ihrer Hauptaufgaben. In Österreich übernahm diese Aufgabe freiwillig und ohne Not der Gesetzgeber. Jener Beschluss des Internationalen Militärgerichtshofes Nürnberg erlangte nämlich in Österreich nicht nur keine Rechtswirkung, sondern ihm widerspricht das Verbotsgesetz von 1947: Die Mitgliedschaft niemals missbraucht. Ob die Organisationen, zu denen der Gebirgsjäger gehörte, Verbrecherbanden waren, ist für den österreichischen Gesetzgeber nicht von Interesse. Er tut, als seien diese kriminellen Vereinigungen gewöhnliche staatliche Institutionen gewesen.

Die SS, die Gestapo und der SD hatten das Bespitzeln, Quälen, Foltern und systematische Berauben Unschuldiger und schließlich den Massenmord zum Inhalt ihrer Tätigkeit gemacht. Worin könnte ein Missbrauch der Mitgliedschaft bestehen? Im Nichtmorden?

Ich verstehe nicht. Hätte einer das Quälen, Foltern, Berauben und Ermorden verweigern müssen, damit ihm Missbrauch hätte angelastet werden können?

Im Fall des Gebirgsjägers genügt dessen bloße Behauptung, er habe seine Mitgliedschaften in der SS und im SD nie missbraucht. Beweise verlangt die Präsidentschaftskanzlei nicht. Sie verlässt sich auf den Antrag der ÖVP Salzburg und auf einen Bericht des Innenministeriums.

Wurde der Gebirgsjäger im Zweifel freigesprochen?

Nein, an seiner Schuld bestand kein Zweifel.

Sechs Jahre lang hat er tatkräftig mitgeholfen, die erste österreichische Republik auszuhebeln. Dem Innenministerium standen die Dokumente der US-Amerikaner über die NS-Tätigkeiten des Gebirgsjägers zur Verfügung. Weil er aber seine Mitgliedschaften nicht missbraucht habe, begnadigt ihn im Jänner 1951 der volksparteiliche Bundeskanzler im Auftrag des sozialdemokratischen Bundespräsidenten.

Der Verdacht gegen den Gebirgsjäger, der Verdacht auf Hochverrat, schreibt zwei Monate später die Ratskammer des Landesgerichtes Linz, wurde nicht entkräftet. Aber Hochverrat galt der Republik 1950 bloß als lässliche Sünde, eingesperrt wurden auch hinfort nur die kleinen Diebe.

Mag sein, dass den Begnadigern jene Dokumente nicht vorlagen, die vermuten lassen, der Gebirgsjäger habe zur Division Reich und zur Einsatzgruppe Nord gehört. Doch was die Begnadiger über ihn wussten – illegale Mitgliedschaft in der NSDAP, SS, Mitglied des SD undsoweiter – hätte leicht ausgereicht, ihm Gnade zu versagen.

Im Album der Salzburger Hubertusrunde, eine Nachkriegsjagdgesellschaft, in der alte Kameraden im Schwarzen Rössl Geburtstage feierten und Schusslisten verglichen, klebt ein Foto des Gebirgsjägers vor dem Ungeraden Zehner, den er auf dem Hochkönig erschossen hat. Auf dasselbe Blatt setzen die Teilnehmer dieser Runde am 31. Jänner 1951 ihre Unterschriften. Der Gebirgsjäger schreibt unter seine:

„amnestiert"

Von Gottes u. Figls Gnaden!

Gott will es!

Dem Rufzeichen bleibt der Gebirgsjäger treu.

Gnade muss vor Recht ergehen, Gnade braucht das ganze Land. Die Begnadiger bereiten sich darauf vor, internationale Anerkennung für Österreich als erstes Opfer Hitlers zu bekommen. Dieses Ziel ist einfacher erreichbar, wenn es jene Österreicher nie gegeben hat, die den Anschluss an Nazideutschland illegal und mit Terroranschlägen betrieben haben. Österreich lässt seine hochrangigen und unverbesserlichen Nazis von einem Tag auf den anderen verschwinden, durch Begnadigung. Über Nacht gibt es sie nicht mehr. Die Zweite Republik verschafft ihnen Tarnkappen, macht sie als Nazi-Täter unsichtbar, verwandelt sie in Zivilisten und erzeugt auf diese Weise gleichzeitig den kollektiven Gedächtnisschwund: Amnesie durch Amnestie.

Auch die Worte sind verwandt, sagt Leo: Nicht-Erinnerung durch Nicht-Gedenken.

Formlos werden die stramm deutschnationalen Nazis wieder zu Österreichern erklärt, während der Staat jüdischen Leuten, die aus dem Exil zurückkehren und ihre Staatsbürgerschaft zurückhaben wollen, Leumundszeugnisse und Loyalitätserklärungen abverlangt.

Es heißt, die Begnadiger hätten begnadigt wegen des Kalten Krieges. Doch Anfang der fünfziger Jahre, mitten im Kalten Krieg, legt der Alliierte Rat einstimmig sein Veto ein gegen mehrere Gesetzentwürfe zugunsten der Nationalsozialisten, die der Nationalrat durchsetzen will.[11] Gesetzliche Erleichterungen für die Nationalsozialisten scheitern am gemeinsamen Widerstand der Alliierten und gerade nicht am Kalten Krieg. Österreich umgeht den Widerstand der Alliierten und lässt ehemaligen nationalsozialistischen Beamten auf dem Verwaltungsweg finanzielle Vergünstigungen zukommen. Kaum ist der Staatsvertrag unterzeichnet, macht Österreich mit der Entnazifizierung endgültig Schluss und holt alle ehemaligen Nazis zurück ins Kollektiv.

Es heißt, die Begnadiger hätten begnadigt wegen des Wiederaufbaus. Am 1. April 1948 gelten in Österreich nicht einmal ein Prozent der Bevölkerung als nationalsozialistisch belastet. Ich bin nachgeborener Brückenmeister und kann mir nicht erklären, warum das Fehlen der Nationalsozialisten im öffentlichen Dienst, in politischen Ämtern oder Medien den Wiederaufbau behindert hätte. Auch kann ich mir nicht erklären, warum ein Nachkriegssozialdemokrat zum Justizminister wird, der vorher als Militärrichter in Kiel Wehrmachtsdeserteure zum Tod verurteilt hat. Es hätte doch auch für diesen hohen Posten Kandidatinnen gegeben, deren Talar nicht blutverschmiert war. Am 1. April 1948 gelten von den registrierten Nationalsozialisten 43.468 als belastet.[12] Dieser harte Nazikern hätte auf Baustellen, auf Friedhöfen oder bei der Müllabfuhr beschäftigt werden können, als Hilfsarbeiter oder Straßenreiniger.

11 Brigitte Bailer-Galanda: Hoch klingt das Lied vom „Kleinen Nazi". Die politischen Parteien Österreichs und die ehemaligen Nationalsozialisten. 2004

12 Dieter Stiefel: Entnazifizierung in Österreich. 1981

Hätte man auf deren Mitarbeit in Schulen, Gerichten, Spitälern, Universitäten und Gemeinden großzügig verzichtet, wäre das Fundament des demokratischen Wiederaufbaus stabiler ausgefallen. Beide großen Parteien halfen den Nazis über die Hürden des Regimewechsels, sie hüteten die rechtsextreme Saat.

Der Gebirgsjäger steigt 1951 hochweiß aus der präsidialen Waschmaschine, hochweiß betritt er die zweite Hälfte seines Lebens. Jetzt, sagt da ein sozialdemokratischer Politiker, müsse man Brücken bauen, um die Vergangenheit zu vergessen. Brückenmeister verstehen diese Worte nicht, denn Brücken, so denken wir, taugen nicht dazu, etwas abzuschneiden, sie sind vielmehr steingewordene Verbindungen.

Die Pyjamajahre, die Betteljahre des Gebirgsjägers sind vorbei. Und die Nazijahre? Vergessen? Nein, appelliert 1949 der Salzburger Landeshauptmann: Wir wollen die Erinnerung wach halten an eine unvergessliche Kameradschaft.

Das Hörensagen

Unsere Wohnung in der Ambachstraße hat fünf Räume. Solange ich hier lebe, werde ich wohl unsere Wohnung sagen. Erst wenn ich allein in eine neue Wohnung übersiedelte, könnte ich sagen meine Wohnung. Unsere Wohnung hat ihren Eingang im Westen. Gegenüber liegt das Kabinett, genannt Palast der Morgensonne, dort schliefen wir. Nach Norden gehen die Küche und Merets Zimmer, nach Süden mein Zimmer und das Bad. Im ersten Jahr ohne Meret hatte ich nach Süden das Winterzimmer, nach Norden das Sommerzimmer, den Palast mied ich. Draußen vor dem Nordzimmer überziehen Rasenflächen ein böschig ansteigendes Gelände, zu offen und weitläufig, um Garten genannt zu werden, zu klein, um als Park zu gelten. Zwischen den Böschungen läuft oberirdisch ein kleiner Nebenarm des Ambach. Schatten geben alte Esskastanien und Robinien, Elsbeeren und Traubeneichen, einige der Bäume tragen Nummernschilder, weil sie Wiener Naturdenkmäler sind. Schon seit längerem benutze ich wieder alle Räume unserer Wohnung nach den Bedürfnissen meiner Tage.

Auf dem Küchentisch liegt aufgeschlagen die Ortschronik. Ich weiß inzwischen viel über den Gebirgsjäger, nur kann ich mir noch nicht erklären, warum die Chronik und Pertil ihn zum Retter küren. Die Chronik verwirrt mich stets von neuem, ihre Ungenauigkeit, die falschen Datierungen – ein Stumpfer hätte bis Dezember 1945 in der Wehrmacht gedient, der Gebirgsjäger soll schon 1949 wieder Lehrer geworden sein, als noch nicht einmal die Anklage gegen ihn erhoben war und so weiter –, die Halbwahrheiten wechseln ab mit schludriger Schlampigkeit. Nicht die Chronik allein verwirrt mich, sondern die Vergleiche zwischen ihr und den anderen Quellen des Überfalls auf Stumpf. Und auch dieser Satz ist ungenau. Hinterstumpf wurde 1944 überfallen, nicht Stumpf.

Meine schriftlichen Quellen habe ich in vier Räume unserer Wohnung verteilt, nur das Bad bleibt bücherleer und zettelfrei. Vielleicht hilft mir diese räumliche Trennung, die Quellen besser zu überblicken. Acht Quellen zähle ich, verteilt auf vier Räume.

Im Südzimmer liegen die Dokumente des Gebirgsjägers aus den Archiven in Wien und Linz, wenige aus dem Land Salzburg und viele aus Berlin. Die Zählung dieses Zettelwerks als eine einzige Quelle, obwohl sie inzwischen hunderte A4-Blätter umfasst, darunter auch kopierte Zeitungsberichte aus der Kriegszeit und Briefe, diese Untertreibung dient ausschließlich zu meiner Orientierung.

Ein Objekt, das ich als Quelle bezeichnen könnte, habe ich aus meinem Fundus entfernt. Es ist die CD des Gebirgsjägers, veröffentlicht 1991, wenige Jahre nach seinem Tod. Ich hörte seine Geschichten von der Jagd und vom Krieg zweimal an, er unterbricht sie mit Imitationen von Tierlauten, Flakgeschützen, Balzgeräuschen, Panzermotoren. Die Lücken des Anekdoten- und Geräuschebreis stopfen Landler, Jodler und Steirer Dreier. Eine der Geschichten hat mit Stumpf zu tun, die Chronik druckt sie wortgleich ab.

Eine andere CD behalte ich im Fundus. Ein Journalist fragt den Gebirgsjäger nach seinem Leben, das Salzburger Regionalradio hat das einstündige Gespräch 1982 gesendet.

Die Chronik bleibt auf dem Küchentisch. Ich lese ab und zu hinein, habe ich das Gesudel satt, koche ich Linsensuppe, brumme den Erdäpfee Blues[13] oder esse Birnenkompott.

Die Chronik und das Zettelwerk sind heikle Quellen, ich muss sie dort lagern, wo ich sie ertrage. Jemand, der nicht versucht hat, einen Bericht zu verfassen über Täter der nationalsozialistischen Zeit, wird womöglich nicht verstehen, weshalb manche Quellen für mich heikel sind. Ich sage heikel und will damit eine Schwierigkeit erfassen, die stets von neuem auftretende Schwierigkeit und Frage, wie ich etwas über diese Täter erfahren und sie mir gleichzeitig vom Leib halten, ja vor allem von meinem Gemüt fernhalten kann. Dass mir einer zu nahe gekommen ist, merke ich an der stumpfen Verzweiflung, die während des Lesens oder beim Versuch zu schreiben entsteht. Manchmal packt mich mit Wucht die Trauer. Angst und Ohnmacht gehören ebenfalls zu dem Repertoire, das mich eine Quelle als heikel bezeichnen lässt.

Besonders heikel ist eine Biografie aus dem Jahr 1987, über das Leben des Salzburger Gauleiters Scheel, ich will sie in kein Zimmer lassen. Sie muss auf den Kloboden. Das Klo, unentbehrliche Küchenantipode, fehlt in meiner Zimmeraufzählung. Neben dem Palast der Morgensonne und dem Bad gehört es zu unseren intimsten Räumen. Nein, dort will ich mit dem SS-Obergruppenführer doch nichts zu tun haben. Ich werde die Scheel-Biografie zum Zettelwerk, großteils Ekelwerk, ins Südzimmer stellen. Ich werde sie außer Haus lesen, in einem Park oder in einer Bibliothek. Vorerst schlage ich sie in weißes Papier ein.

---

13 Text und Musik: Joe Zawinul, 1996

Harmlose Quellen lege ich zur Bettlektüre in den Palast. Bleibt im Nordzimmer nur ein Buch, das darf ich Meret zumuten, Rosa hat es mir 1986 geschenkt.

Ich bin Pazifist. Warum beschäftige ausgerechnet ich mich mit den machtversessenen, schießgeilen, bewegungshörigen Salzburger SS-Anführern? Die Antwort fand ich erst mit der Zeit, und sie ist doch einfach: Die Vorgänge in meiner Heimatgemeinde Stumpf zwingen mich dazu. Hätte die Gemeinde Stumpf nicht ihre wahnwitzige Chronik herausgebracht, wahnwitzig sage ich, weil dieses Buch einem Nazitäter zu seinem hundertsten Geburtstag eine Bühne errichtet, auf der er sich selbst freispricht, wahnwitzig sage ich, weil die Chronik gleichzeitig einen Pranger aufstellt, den Gemeindepranger, an den sie Felician und Rosa bindet; ohne diese beiden wahnwitzigen Bauten, Bühne hier, Pranger dort, könnte ich mich ungestört meiner Trauer um Meret hingeben.

Ich ertrage nicht, wie diese Chronik fort und fort den Ruf meines Großvaters und meiner Urgroßmutter schädigt. Eine Leichenschändung. Die Chronik verleumdet Personen, die sich nicht wehren können. Ich aber bin noch da, ihr Enkel und Urenkel, Paul Schwedenreiter.

Heute am Küchentisch habe ich nur eine Frage an die Chronik: Wie wurde der Gebirgsjäger zum Retter?

Er stolziert schon einige Sätze lang über seine großformatige Plattform auf zwei Seiten der Chronik. Er nuschelt vom Kriegsende. Das Regime befindet sich im freien Fall. Er sieht seine Macht schwinden, seine hohe Stellung beim Gauleiter wird er verlieren. Ihm und den Spießgesellen schlägt er den Angriff auf die amerikanischen Truppen vor, Flucht in den Amok. Während er seine Version des Regimewechsels auftischt, scheint ihm zu dämmern, die Amokversion könnte seinem Ruf, den er in der Zweiten Republik mithilfe dieser Geschichten aufpoliert, womöglich schaden. Er greift zu einem uralten Mittel und setzt ein Gerücht in die Welt.

Da muss ich noch schnell dazu sagen, sagt er von seiner Bühne herab: Wir haben im 44er Jahr die Stumpfer gerettet.

Wen hat der Gebirgsjäger gerettet? Wovor? Wer waren die Mitretter? Unstrittig ist nur das Jahr.

Anfang Juli 1944 überfielen die SS und die Gestapo auf der Suche nach Deserteuren Hinterstumpf. Zwei unbeteiligte Männer aus Hinterstumpf und der Mann aus dem Bergdorf am Talschluss wurden nicht gerettet, sondern während des Überfalls erschossen. Einundzwanzig Personen, unter ihnen Rosa, wurden nicht gerettet, sondern in verschiedene Konzentrationslager deportiert. Später wurden elf weitere Personen nicht gerettet, sondern gehenkt, erschossen oder starben in einem Konzentrationslager.

Vielleicht verstehe ich den Überfall und dessen Folgen, wenn ich mir noch einmal die Geografie des Plateaus vor Augen führe. Im Osten des Plateaus liegt der Moorsee, im Westen der Tagsee. Bis 1939 hieß die Ostseite des Plateaus Stumpf, die Westseite Hinterstumpf. 1939 verleibte sich Stumpf Hinterstumpf ein und seither heißt das gesamte Plateau Stumpf.

Den Tagsee im Westen trennen fünf Kilometer, Hügel, Wälder und Täler vom Moorsee im Osten. Vom Moorsee sehe ich den Tagsee nicht. Von einem See zum anderen gehe ich zu Fuß fast zwei Stunden.

Nur in der Nähe des Tagsees, auf der Westseite des Plateaus in dem früher Hinterstumpf genannten Ortsteil, unterstützten die Familien die Deserteure. Nur gegen Hinterstumpf richtete sich 1944 der Überfall der SS. Nur dort fanden die Morde statt. Nur von dort wurden die Leute zur Gestapo nach Salzburg und später in die Konzentrationslager deportiert.

Die Ostseite des Plateaus rund um den Moorsee, wo das Schloss steht, wo die lokalen Machthaber des NS-Regimes ihre Ämter, Gasthäuser, Hotels und Höfe hatten, und wo das Haus am See steht, in dem der Gebirgsjäger im Mai 1945 bei seinem Spezl Unterschlupf fand, diese Ostseite des Plateaus blieb 1944 von dem Überfall verschont.

Die geografischen Gegebenheiten sind wichtig, weil der Gebirgsjäger behauptet: Der Reichsführer SS wollte das ganze Stumpf aussiedeln.

Wovor will der Gebirgsjäger die Stumpfer gerettet haben?

Vor der Umsiedlung nach Wolynien (sic), sagt er.

Die Chronik schreibt über dieselbe Sache:

Da die Behörden die Fahnenflüchtigen lange nicht ausforschen konnten und nicht mehr Herr der Lage in Stumpf waren, beschloss der SS-Führer Heinrich Himmler, Stumpf vollends auszusiedeln. Die Männer sollten in ein Arbeitslager, die Frauen nach Wolynien (sic) im Nordwesten der Ukraine verschleppt werden. Dies entsprach der Absicht der Nazis, die Ostgebiete zu arisieren.

Umsiedlung, Aussiedlung, Verschleppung. Davor will der Gebirgsjäger die Stumpfer gerettet haben.

Aus dem Zettelzimmer hole ich den Bericht des Stumpfer Gendarmeriepostenkommandanten. Er schreibt 1946 seinen Vorgesetzten, wer 1944 angeblich hätte deportiert werden sollen: Die Bauern von Hinterstumpf. Er schreibt nicht, woher er diese Information hat, wer diesen Befehl gab und wann die Deportation hätte stattfinden sollen.

Wohin sollte deportiert werden?

Über das Ziel ist die Chronik mit sich selbst uneinig. Nach Wolynien im Nordwesten der Ukraine heißt es zuerst, nach Polen (Wolynien), heißt es vier Seiten später. Der Gebirgsjäger legt sich nicht fest, zu welchem Land Wolynien 1944 gehört hat. Die Chronik missgönnt dieser Landschaft durchgängig das h, ein Hinweis auf bloßes Hörensagen, ungeprüft nachgeschrieben.

Die Landschaft heißt Wolhynien. Mein Bericht dürfe nicht belehren, hat Leo gesagt. Doch Wolhynien kennt kaum jemand, und wer weiß schon, was dort 1944 geschah. Ich muss zu Wolhynien zumindest das sagen, was den Chronikunsinn zeigt – in diesem Punkt wenigstens.

Wolhynien gehörte seit 1939 zur Sowjetunion und wurde 1941 von der Wehrmacht besetzt. 1944 war Wolhynien ein Schlachtfeld, fast schon wieder in sowjetischer Hand. Im Sommer 1944 waren die meisten Panzer der Wehrmacht an die Westfront verlegt. Das Großdeutsche Reich hatte die Macht verloren, nach Wolhynien noch jemanden zu verschleppen oder dieses Gebiet zu arisieren. Die Wehrmacht beherrschte dieses Gebiet 1944 bereits nicht mehr.

Der Chronik ist es vorbehalten, die angeblich geplante Deportation Stumpfs 1944 mit den Arisierungsplänen der Nazis im Osten in Zusammenhang zu bringen. Ja, die Nazis wollten die Ostgebiete arisieren und haben sie teilweise arisiert, aber nicht 1944 Wolhynien. Die Chronik mixt aus der halben Wahrheit eine ganze Schlamperei.

Die Worte der Salzburger Spitzenpolitiker über die Ortschronik kommen mir wieder in den Sinn:

Eindrucksvoll, profundes Wissen, Vorbild und Ansporn, großes Lob, Gratulation.

Ich finde dieses profunde Wissen in der Chronik nicht. Ich kann aus der Chronik nicht einmal ersehen, wie das mit dieser Deportation genau war. War da ein Befehl?

SS-Führer Heinrich Himmler hätte beschlossen, sagt die Chronik an einer Stelle, geplant, an anderer Stelle, wollte aussiedeln, wird der Gebirgsjäger in der Chronik zitiert, hätte den Befehl zur Deportation erteilt, schreibt der Postenkommandant.

Zwischen wollen, planen, beschließen und befehlen sind weitläufige Unterschiede. Ein bloßes Wollen sagt sich in einem Gespräch, womöglich im Zorn, leicht einmal so dahin; fasste der SS-Führer einen Beschluss, begann ein meist schriftlich nachvollziehbarer Amtsweg, ein Befehl hätte ein lautes Schriftstück hinterlassen.

Wir haben die Stumpfer gerettet, zitiert die Chronik den Gebirgsjäger.

Wer sind wir?

Darauf gibt er keine Antwort, als behielte er den Glanz und den Ruhm des Retters gern für sich allein.

Die Chronik nennt drei Helden des Nationalsozialismus, denen Stumpf seine Rettung verdanke: den Gebirgsjäger, den Salzburger Gauleiter Scheel und den NS-Bürgermeister von Stumpf.

Der Postenkommandant schreibt 1946 in dem Bericht an seine Vorgesetzten, die Deportation sei angeblich aufgrund der Intervention des Salzburger Gauleiters Scheel unterblieben. Angeblich, schreibt er vorsichtig, weil er das Hörensagen nicht beweisen kann.

Er nennt die Quelle seines Hörensagens nicht und erwähnt nicht den Gebirgsjäger als Retter.

Die Mutmaßung des Postenkommandanten bringt mich auf den Gedanken, in Stumpf wäre unmittelbar nach dem Überfall über die angeblich geplante Deportation gesprochen oder zumindest getuschelt worden. Doch da sehe ich, was die Chronik schreibt:

Von den Einheimischen hatte von einer geplanten Deportation kaum jemand eine Ahnung.

Erst 2008 bringt die Chronik selbst ins Bewusstsein und Gespräch der Stumpfer das Hörensagen von der 1944 angeblich geplanten Deportation, die aber eine andere gewesen sein soll als jene Deportationen, die in Hinterstumpf tatsächlich stattgefunden haben.

Ich bringe den Bericht des Postenkommandanten zurück an seinen Platz im Zettelzimmer und öffne das Fenster. Der Zigarettenrauch des Nachbarn zieht herein, das spricht für Westwind, der Nachbar steht in seinem Bademantel am Fenster, er trägt dunkle Sonnenbrillen, ich weiß das, auch wenn ich ihn vom Zettelzimmer aus nur sehen könnte, wenn ich den Kopf aus dem Fenster beugte. Wenn ich aber auf der Ambachstraße vor unserem Haus bin, sehe ich den Nachbarn im Bademantel und hinter dunkler Sonnenbrille rauchen. Weil ich Nichtraucher bin, schließe ich das Fenster, gehe in die Küche und öffne dort die Tür zum Balkon. Eigentlich könnte ich da draußen die Scheel-Biografie lesen, die ich nicht in meinen Räumen dulde. Auch dieses Buch hat Rosa mir geschenkt. Sie las nicht viel, aber die Bücher, die mit der schwierigsten Zeit ihres Lebens irgendwie zu tun haben, fanden den Weg zu ihr, ich weiß nicht wie. Mit der Scheel-Biografie schickte sie mir ein paar Zeilen: Der Gauleiter Scheel muss ein Heiliger gewesen sein, schrieb sie, der Landeshauptmann hat ihm zum Siebziger gratuliert. War Rosa womöglich enttäuscht, dass der Landeshauptmann nicht auch ihr gratulierte? Weder zum Achtziger noch zu ihrem Neunziger hat er ihr geschrieben.

Rosa und Felician redeten von sich aus selten über die Kriegszeit. Wenn ich danach fragte, antworteten sie, zögernd und vorsichtig zuerst, war eine Geschichte aber einmal in meiner Gegenwart über ihre Lippen gekommen, erzählten sie die Begebenheit danach wieder und wieder. Manchmal mochte ich ihre Geschichten schon nicht mehr hören.

Rosa erzählt, wie sie deportiert worden ist. Ein uniformierter Mann drückte ihr einen Gewehrkolben in den Bauch und verbot ihr, Schuhe anzuziehen, bevor er sie auf einen offenen Wagen stieß. Barfuß wurde sie abtransportiert. Die anderen Frauen, die neben ihr auf dem Wagen dicht gedrängt standen, hatten ihren Männern, den Cousins oder Söhnen wenigstens Brot, Wasser, manchmal Speck oder Äpfel in die Verstecke gebracht. Rosa aber wusste von Felician nur: Ich bin nicht mehr eingerückt. Sie sah ihn nun auch nicht unter den Verhafteten. Mit den anderen Frauen kam Rosa ins Franziskanerkloster nach Salzburg. Die Gestapo hatte die Mönche längst vertrieben und sich das Gebäude angeeignet. Während des Verhörs schlägt ein Uniformmann Rosa zuerst mit einem Stock bis der zerbricht, dann mit der Hand ins Gesicht, schließlich mit dem Deckel einer Schreibmaschine auf den Kopf. Der Uniformmann droht, er werde sie totschlagen, wenn sie das Versteck ihres Sohnes nicht preisgebe. Rosa wusste aber nicht, wo Felician war. Sie hatte nur den einen Satz von ihm. Nun hatte sie einen blutiglockeren Zahn, das

Gesicht und der Körper waren blaufleckig. Sie hatte ihrem Sohn nicht einmal ein Stück Brot bringen können, weil sie nicht wusste, wo er sich versteckte.

Bevor Felician verschwand, war sie in jedem Sommer auf einen der Berge gewandert, die das Stumpfer Plateau umschließen. Sie hatte von dem Gipfel in Nachbartäler geschaut, die wieder von Berggipfeln begrenzt sind. Weiter hatte sie sich nie von Stumpf entfernt. Jetzt musste sie mehr als tausend Kilometer fort. Nach Tagen und Nächten wurden sie und die anderen Hinterstumpferinnen in einer berglosen Gegend aus dem Waggon gestoßen. Uniformmänner trieben sie von den Gleisen auf ein Gittertor in einer Ziegelmauer zu, drinnen standen Holzbaracken. Rosa stolperte barfuß hinein.

Rosa hat mir nie gesagt, es habe ein Plan bestanden, ganz Stumpf zu deportieren.

Ich bin in meinen Erinnerungen an die Erinnerungen meiner Zeitzeugin Rosa geraten und müde geworden. Die Scheel-Biografie muss warten.

Ich verlasse unsere Wohnung und gehe die Ambachstraße hinauf durch den Abendwald. In den folgenden Tagen ereignen sich Unfälle, einige unserer Brücken werden beschädigt. Ich muss Überstunden machen und bin nach der Arbeit zu erschöpft, um mich dem Stumpfer Hörensagen zu widmen.

Wochen später schlage ich auf dem Balkon Scheels Biografie auf, die einzige, die bislang über ihn geschrieben wurde. Darin muss sich ein Hinweis finden, denn der Postenkommandant und die Chronik nennen Scheels Namen im Zusammenhang mit der Rettung von Stumpf. Nach wenigen Seiten erinnere ich mich, warum mich dieses Buch schon abstieß, als ich es zum ersten Mal las. Der Autor, Georg Franz-Willing, verwandelt den SS-Obergruppenführer und nationalsozialistischen Multifunktionär Gustav Adolf Scheel in den größten Widerstandskämpfer Nazideutschlands. Jede seiner noch so kleinen angeblich guten Taten listet er auf. Ich frage mich, wie der Nationalsozialismus auch nur ein einziges Menschenleben kosten konnte, wenn seine Funktionäre doch nichts anderes im Sinn hatten, als ihre Gegner zu schützen und zu retten, wie Franz-Willing behauptet. Er hängt an den Text seiner Scheel-Biografie dessen Gefängnisschrift, in der Scheel schreibt, sein Lebensziel sei gewesen: helfen, helfen, helfen. Franz-Willing vergisst zu erwähnen, dass Scheel den Roma und Sinti nicht half, als sie während seiner Amtszeit aus Salzburg in den Tod deportiert wurden.

Franz-Willing unterfüttert die Liste Scheelscher Hilfsbereitschaft wo möglich mit eidesstattlichen Erklärungen, zum Beispiel des Salzburger Fürsterzbischofs Rohracher oder hoher Salzburger Politiker. Und Rosa hatte recht, auch das Glückwunschschreiben des Salzburger Landeshauptmannes zum siebzigsten Geburtstag seines nationalsozialistischen Amtsvorgängers im Jahr 1977 findet sich in dieser Biografie.

Ich gehe vom Balkon ins Nordzimmer. Mein Computer steht schon seit einiger Zeit auf Merets Schreibtisch. Ich vergleiche Wikipedias Angaben zu Scheel mit denen Franz-Willings. Scheel hätte sich besonders für Personen jüdischer Herkunft eingesetzt und deren Ausweisung missbilligt, behauptet Franz-Willing und unterschlägt Scheels Funktion in Karlsruhe. Als Inspektor des NS-Sicherheitsdienstes organisierte er dort im Oktober 1940 die Deportation von 6.500 jüdischen Kindern, Frauen und Männern in das Lager Gurs.

Franz-Willing übergeht die Einzelheiten aus Scheels Jahren als Hochschulgruppenführer des Nationalsozialistischen Deutschen Studentenbundes. In Heidelberg war Scheel nicht nur Hauptredner anlässlich der Bücherverbrennung, sondern er organisierte an der dortigen Universität auch Krawalle, die unter anderem dazu führten, dass der Mathematiker und Pazifist Emil Julius Gumbel seine Professur verlor. Der Philosoph Karl Jaspers war 1932 an der Universität Heidelberg in einem Disziplinarverfahren gegen Scheel Mitglied der Disziplinarkommission und schreibt: Scheel hat so gut gelogen, dass man ihn freisprechen musste.[14]

In Heidelberg wurde Scheel auch Vorsitzender einer arisierten völkerkundlichen Stiftung. Die Tochter der Stifter, Leontine Goldschmidt, floh mit ihrem Mann Victor 1933 nach Salzburg und kehrte nach dessen Tod nach Heidelberg zurück. Als ihr dort 1942 die Deportation nach Theresienstadt drohte, wandte sie sich an den nunmehrigen Salzburger Gauleiter Scheel um Hilfe. Dessen abschlägige Antwort erreichte Leontine Goldschmidt nicht mehr, sie hatte inzwischen den Freitod gewählt.[15] Ausgerechnet in diesem Freitodjahr der Heidelberger Gönnerin der Völkerkunde, deren Sammlung Scheel & Co. geraubt hatten, gründete Scheel in Salzburg das Heimatwerk, ein Nest der Salzburger Volkskunde.

Ich meide den Salzburger Residenzplatz. Ich kann über diesen Platz nicht gehen, ohne dieses Wort Heimatwerk zu lesen und sobald ich das Wort Heimatwerk über dem Geschäft sehe, denke ich, Salzburgs SS- und

---

14 Richard Wisser, Leonhard H. Ehrlich (Hg.): Karl Jaspers. Philosoph unter Philosophen. 1993

15 Renate Marzolff: Leontine und Victor Goldschmidt. 2007

NS-Chef Scheel hat dieses Werk gegründet, nach dem Krieg hat es ein früherer Nazi weitergeführt, und im 21. Jahrhundert trägt es immer noch denselben Namen, und in Salzburg stört das niemanden, weil ja die schönen Trachten undsoweiter, doch die schönen Trachten sind mir unerträglich, weil Scheel & Co. das Trachttragen nur Ariern und Arierinnen erlaubten und auch denen nicht, wenn sie politische Gefangene oder Zwangsarbeiterinnen waren. Ich bin noch nicht einmal am Residenzbrunnen vorbei, habe immer noch das Heimatwerk im Augenwinkel, und sehe die Bücher brennen, auf diesem Platz haben die Lehrer sie ins Feuer geworfen. Ich kann niemandem sagen, wie ich an diesem Residenzplatz leide, und ihn deshalb nur betrete, wenn mich etwas dazu zwingt, ich will das niemandem sagen, man hielte mich für verrückt, wüsste man von dem Ekel, der mich befällt, wenn ich den Platz betrete, der doch den Rupertikirtag – den Dirndln schwindelt dann im Ringelspiel – jedes Jahr beherbergt, und der zu den weltweit beliebtesten Reisezielen zählt, allein in den Wochen vor Weihnachten besuchen ihn angeblich 1,3 Millionen Gäste.

Ich zwinge mich noch einmal zurück zu Franz-Willing. Er nennt sämtliche gute Taten Scheels, da wird dessen Rettung der Gemeinde Stumpf nicht fehlen, noch dazu wo Franz-Willing über Scheels Flucht nach Stumpf Anfang Mai 1945 berichtet. Ich lese weiter, blättere, suche, doch da ist kein Hinweis. Kein Wort verliert der Bewunderer Scheels über dessen große Tat, die der 1944 angeblich vollbracht hat. Franz-Willings Huldigungsschrift erwähnt den Überfall auf Stumpf nicht und erwähnt keine von Scheel verhinderte Deportation des Ortes.

Von Wikipedia erfahre ich über Franz-Willing, er hat regelmäßig in rechtsextremen Zeitschriften und Verlagen veröffentlicht und gehörte zum Vorstand eines Instituts, das den Holocaust leugnet. Er publizierte seine Scheel-Biografie in einem Verlag, den der deutsche Verfassungsschutz als rechtsextrem einstuft.

Im Salzburger Landesarchiv befindet sich ein Teil des Scheel-Nachlasses, darin sind auch Aufzeichnungen der Scheel-Witwe enthalten, die Franz-Willing umfangreich zitiert. Dieses Scheel-Archiv ist gesperrt und für Brückenmeister wie mich nicht zugänglich.

Wir haben die Stumpfer gerettet, sagte der Gebirgsjäger.

Zu diesem Wir hat Gustav Adolf Scheel nicht gehört, erfahre ich aus Franz-Willings Buch.

Ich gehe in den Palast der Morgensonne, lege mich aufs Bett und nehme die harmlosen Quellen zur Hand. 1960 erschien ein historisch-geografischer Bericht über die Stumpfer Gegend. Der katholische Autor Lahnsteiner erwähnt den Überfall auf Stumpf, den er als recht aufregende Partisanenjagd bezeichnet. Die Deserteure nennt er abwechselnd Partisanen, Soldaten, die an den Sieg nicht mehr glaubten, Deserteure oder eingefangene Urlauber, und schließlich schreibt er von den Pfiffigsten, die entkamen.

Die Frauen, die ihre desertierten Familienangehörigen unterstützten, bezeichnet Lahnsteiner als Wisser und Hehler. Rosa hat nie mit Diebesgut gehandelt, wie das Wort Hehler nahelegt, und sie hätte gerne gewusst, wo Felician sich versteckt hielt, nachdem er ihr nur den Satz unter dem Brot hinterlassen hatte. Einen Plan der Deportation von ganz Stumpf erwähnt Lahnsteiner nicht.

Das Wort Partisanen habe ich lange nicht gehört, im Innergebirge war es kaum in Verwendung. Zum ersten Mal hörte ich es in Hinterstumpf. Ich klaube als Kind ein paar Äpfel von einem Wegrain auf, der alte Bauer, dem die Bäume gehören, sieht mich und schreit, Partisanenbrut verschwind. Ich lasse die Äpfel fallen und renne davon. Ich frage zuhause, was das sei, Partisanenbrut?

Ein Ehrentitel, erwidert Kaspar, überhaupt wenn dieser Bauer das schreit. Dann erzählt Kaspar, wie er als Bursch einen Sommer lang auf der Alm dieses Bauern geholfen hat, und ihm als Lohn eine Ziege versprochen wurde. Nach dem Almabtrieb ging er mit Rosa zu dem Bauern, um die versprochene Ziege zu holen. Der sagte aber, ausgerechnet die für Kaspar bestimmte Ziege wäre beim Abtrieb verlorengegangen, und er verweigerte Kaspar den Lohn für zwei Sommermonate Almarbeit.

Wenn mich später einmal ein Lehrer oder Bauer, die ich geärgert hatte, mit dem italienisch klingenden Wort Partisan bedachten, machte es mich irgendwie stolz. In meinen Kinderjahren und in meinen Jugendjahren in Hinterstumpf hörte ich nie jemanden sagen, ganz Stumpf hätte eine Deportation gedroht und die Deserteure wären daran schuld gewesen. Auch als ich erwachsen geworden war und manchmal in einem Stumpfer Gasthaus saß oder in einem Geschäft einkaufte, hörte ich nie jemanden von den Deserteuren oder einer geplanten Deportation sprechen.

Rosa erzählte, in den Jahren nach dem Krieg habe niemand mehr vom Krieg etwas hören wollen. Die Leute wollten leben, und leben bedeutete essen, trinken, lieben, tanzen. Meistens wurde sonntags am Abend getanzt. Walzer, Polka, der Bayrische, Kreuzpolka. Manchmal war der Tanz im Gasthaus, oft bei den Bauern. Das Tanzen war den Leuten das Liebste, sagte Rosa, sie und Felician hatten aber kein Geld für das Gasthaus und seien überhaupt ungern unter die Leute gegangen.

Im Morgenpalast nehme ich den Artikel zur Hand, den eine kommunistische Zeitung zum zwanzigsten Jahrestag des Überfalls auf Hinterstumpf veröffentlicht hat. Heute, schreibt die Autorin, sei es in dieser Gegend nicht mehr angebracht, über den Überfall zu reden. Viele der Mitschuldigen säßen wie eh und je in ihren komfortablen Hotels und Bauernhöfen, keinem von ihnen, die hohe Herren in der NS-Kreisbauernschaft gewesen seien, sei ein Haar gekrümmt worden. Die Autorin zitiert Zeitzeugen, erwähnt aber nichts von einer angeblich geplanten Deportation.

Ich schaue ins Laub der Esskastanie vor dem Fenster und bedenke die Tücken der Erinnerung. Vor einiger Zeit tauchte in unserem Haus in der Ambachstraße eine Frau auf, achtzig Jahre sei sie alt, sagt sie mit Schweizer Akzent, sie habe von 1939 bis 1951 in diesem Haus gelebt, sei Wienerin, lebe aber seit 1951 in der Schweiz. Die Frau ist mit ihrer Enkelin gekommen. Sie gehen hinter das Haus, die Frau zeigt auf die Esskastanie und ruft ihrer Enkelin zu, schau diese wunderbare Linde, sie stand schon da, als wir noch hier gewohnt haben, sie war mein Lieblingsbaum.

Ich gehe noch einmal ins Zettelzimmer und blättere in den Verhörprotokollen des Gebirgsjägers. Geprotzt mit seiner NS-Macht hat er nur im ersten Verhör und hat dann schnell begriffen, er werde Argumente zu seiner Entlastung brauchen, wenn er sich Gefängnisjahre ersparen will. Er erwähnt aber in keinem dieser Verhöre Stumpf. Er verschweigt die angeblich geplante Deportation, erwähnt nicht, dass er gemeinsam mit nicht Genannten ganz Stumpf gerettet hätte.

1950 bittet er den Bundespräsidenten um Gnade. Da ist der Brief. Alle nur denkbaren Gründe kratzt er für seine

Begnadigung zusammen, ein Gewinsel, er verliert aber kein Wort über seine Heldentat, verschweigt, dass er der Retter Stumpfs war. Wie konnte er das nur vergessen?

Unbestritten ist nur das Jahr. Was hat der Gebirgsjäger 1944 getan, außer Stumpf gerettet? Ich bleibe im Zettelzimmer mit den Dokumenten.

Im April 1943 wurde seine Beförderung zum SS-Untersturmführer bewilligt, weil er SS- und haltungsmäßig, so drücken sich die Beförderer aus, als Führer geeignet sei. Am 1. Oktober 1943 wurde er Adjutant des Gauleiters Scheel in Salzburg.

Für diesen hätte er lediglich Besucher empfangen und Beschwerden entgegengenommen, behauptete der Gebirgsjäger in einem der Verhöre während seiner Pyjamajahre; eine bedeutungslose, untergeordnete Stellung hätte er in der Gauleitung Salzburg bekleidet.

Ein bloßer Türsteher des Gauleiters Scheel sollte die Macht gehabt haben, den SS-Reichsführer Himmler zur Rücknahme eines Deportationsbefehls zu bewegen?

1943 hatte die SS-Spitze dem Türsteher Führungsqualitäten bescheinigt. Im Juli 1944, während Rosa in Gestapohaft auf die Deportation ins Konzentrationslager wartete, wurde er zur SS-Stabsabteilung Alpenland einberufen. Türsteher? Erstaunliche Vergeudung der Personalressourcen, oder ist die Türsteherei nur eine der Nachkriegslügen des Gebirgsjägers? Ich weiß keine Antwort.

Aus dem Berliner Archiv habe ich Kopien einer Korrespondenz bekommen. Sie begann Anfang April 1944 zwischen dem Gebirgsjäger, Himmlers Adjutant Grohtmann in der Salzburger Feldkommandostelle Bergwald und dem SS-Personalhauptamt in Berlin, die Korrespondenz zieht sich bis in den September 1944. Beförderung verlangt der Gebirgsjäger innerhalb der kriminellsten Abteilung der SS. Obersturmführer der Waffen-SS heißt sein Ziel. Im Beförderungsansuchen fasst er seine NS-Laufbahn zusammen, die Daten seines Beitritts zu NSDAP, SA, SS usw, seine Aufgaben und Verdienste. Daten, die er schon zwei Jahre später – er ist während der Verhöre, in denen er zum bloßen Türsteher herabsinkt, noch nicht einmal vierzig Jahre alt – vergessen haben wird. Der Salzburger Höhere SS- und Polizeiführer bestätigt, der Gebirgsjäger sei auf eigenen Wunsch zur Waffen-SS überstellt worden, hinsichtlich seiner SSmäßigen Haltung und seiner Leistungen sei er der Beförderung würdig. Der Salzburger Gaupersonalamtsleiter befürwortet ebenfalls diese Beförderung, weil der Gebirgsjäger Alter Kämpfer der NSDAP sei, weltanschaulich gefestigt, sein sicheres Handeln und sein gesundes Urteilsvermögen befähigten ihn zur Bekleidung verantwortungsvoller Dienststellungen. Am 9. November 1944 erfüllt sich sein Wunsch, und er ist befördert zum Obersturmführer der Waffen-SS.

1944 war der Gebirgsjäger nicht nur mit der Beschleunigung seines SS-Aufstiegs beschäftigt, sondern auch mit einem Fauxpas bezüglich seiner Bekleidung. Wenige Tage nach dem SS-Überfall auf Hinterstumpf begleitet er den Gauleiter zu einem Treffen mit Himmler in die Feldkommandostelle Bergwald und erscheint in der Wehrmachtsuniform, nicht in der SS-Uniform. Darüber zeigt sich Himmler etwas irritiert. Diese kleine Irritation greift dessen Adjutant Grohtmann sofort auf und befasst SS-Generäle in Berlin mit der Belanglosigkeit. Die umfangreiche Korrespondenz ist überliefert. Von Uniformlappalien und Beförderungsformalitäten ist darin lang und breit die Rede, aber kein Wort erwähnt den Überfall auf Hinterstumpf und die bedeutsame Rolle, die der Gebirgsjäger dort bei der Verhinderung der angeblich befohlenen Deportation von ganz Stumpf gespielt haben will. Die Lappalienkorrespondenz beweist lediglich, der Gebirgsjäger hat in der Zeit des Überfalls in Begleitung seines Chefs den SS-Reichsführer Himmler gesehen.

Auf seiner Plattform in der Ortschronik lässt der Gebirgsjäger aber nicht locker: Die Stumpfer wären mir wohl ein wenig zu Dank verpflichtet, sagt er.

Bis dahin hatte er Behauptungen geäußert. Dieser Satz gebärdet sich als Beweis, Beweis in eigener Sache. Der Gebirgsjäger nennt den Zweck des Gerüchts, er habe Stumpf gerettet, das er in die Nachkriegswelt gesetzt hat. Mit diesem Gerücht, egal ob wahr oder falsch, will sich der Gebirgsjäger reinwaschen, sich rechtfertigen und sich die Stumpfer gefügig machen. Der Regimewechsel 1945 hat ihn um seine Macht gebracht und für einige Jahre auch um seine soziale Stellung. Die angebliche Rettung Stumpfs soll seiner eigenen Rettung dienen. Sie hilft ihm auf dem Weg zurück in die Mitte der Salzburger Gesellschaft, in ihre Jägerschaft und in die Hubertusrunden.

Die Chronik nimmt das Jägerlatein dieses selbsternannten Retters für bare Münze, ja mehr noch:

Für Stumpf ist dieser Bericht von besonderer Bedeutung, weil er ein weiterer Beweis für die geplante Aussiedlung von ganz Stumpf ist. Alle Dokumente über diese Umsiedlung sind nämlich verloren gegangen.

Der Autor der Chronik war promovierter Gymnasiallehrer, kein Volksschullehrer. Bericht nennt er das Jägerlatein und erhebt es ohne Begründung zum Beweis. Ein weiterer Beweis, sagt er, obwohl er keine sonstigen hat.

Was sind Beweise, frage ich mich? Gegenstände, Zeugen, Dokumente, Urkunden, aus denen die Richtigkeit oder Unrichtigkeit einer Behauptung hervorgeht. Die Argumente oder Indizien eines Zeugen müssen schlüssig sein, damit sie Beweiskraft erlangen.

Auf Merets Schreibtisch liegt das Buch über die Nazizeit im Innergebirge aus dem Jahr 1986, Rosa schenkte es mir, einige Jahre bevor ich Meret begegnete.[16] Ich verlasse das Zettelzimmer und nehme im Nordzimmer dieses Buch zur Hand, schlage das Kapitel auf, das sich um Hinterstumpf dreht.

Darin ist von dem Deportationsplan die Rede. Die erste schriftliche Quelle, in der ich diesen Plan wiederfinde, nachdem der Postenkommandant vierzig Jahre zuvor in dem Brief an seine Vorgesetzten geschrieben hatte, geplant gewesen sei die Deportation der Bauern aus Hinterstumpf.

Zeitzeugen hatten den Autoren erzählt, nach dem Überfall auf Hinterstumpf habe die NSDAP in Stumpf eine Kundgebung veranstaltet, bei der zwei Gestapomänner drohten, die Bevölkerung des ganzen Plateaus würde in die Ukraine ausgesiedelt.

Die Chronik bringt eine andere Version:

Nachdem die Deserteure gefangen worden sind, habe die Obrigkeit von der Aussiedlung abgesehen, heißt es dort.

Diese beiden unterschiedlichen Versionen belegen, dass die Behauptung der Chronik, an zwei Bahnhöfen wären neunzig Züge zur Deportation von ganz Stumpf bereit gestanden, ohne Beweis geäußert wird. Die Zeitzeugen sagen, erst nach dem Überfall habe die Gestapo mit der Deportation gedroht. Die Chronik behauptet, nach dem Überfall sei der Deportationsplan aufgegeben worden.

---

16 Michael Mooslechner, Robert Stadler: St. Johann 1938–1945. 1986

Ich ging ins Archiv der Österreichischen Bundesbahnen. Neunzig Waggons, sie könnten eine Spur hinterlassen haben. Was ich suche, sagt der Archivar der Bahn, sei ein Bereitstellungsvermerk. Die seien mit der Hand auf irgendwelche Zettel geschrieben und später meistens weggeworfen worden. Nur ein Zufall könne mir bei dieser Suche zu Hilfe kommen, sagt er. Vielleicht stünden in den Bahnhöfen Zach oder Pinz noch irgendwo alte Kartons herum, in denen die gesuchten Zettel zufällig die Zeit überdauert hätten. Wahrscheinlich sei das aber nicht und eine bewusste Suche nach diesen Zetteln sei sinnlos, sagt der Archivar.

Vom Eisenbahnarchiv fahre ich ein Stück mit der Schnellbahn, das letzte Stück gehe ich zu Fuß auf Umwegen durch den Wald in die Ambachstraße.

Die Ortschronik hat mithilfe der Verbreitungen des gebirgsjagenden SS-Obersturmführers etwas in die Stumpfer Welt gesetzt, was bei keinem Wechsel eines Regimes ausbleibt: das Gerücht, ein kollektiver Kaugummi, wie dies einer seiner Erforscher nennt. Seit 2008 kauen die Stumpfer an diesem Gummi und blasen ihn auf. Ob wahr oder falsch, Beweise fehlen, wie bei jedem Gerücht. Vergil, schreibt Leo, kannte diese Ambivalenz. Er lässt Fama durch die Städte Syriens eilen, Fama, ein Unheil, das an Schnelligkeit seinesgleichen nicht hat. Fama, auf Lüge und Falschheit beharrend, wie sie auch Botin der Wahrheit ist.

Die Halbheiten der Chronik erlauben den Stumpfern, ihre Geschichte auf den Kopf zu stellen. Sie wären nur Opfer. Die Schuldigen säßen in Hinterstumpf: Rosa und Felician.

Das Windrädchen

Leo hatte sich zum Schweigen verpflichtet und im Kloster gelebt. Er verließ es, als ihm seine Mitbrüder zu laut wurden, und zog in eine Einsiedelei, dort lebt er mit Ziegen.

Auch nicht gerade leise, sage ich, als er mir erstmals davon erzählt. Hast recht, erwidert er, aber das Meckern ertrage ich besser als das Geschwätz.

Mit Leo kann ich nicht abends auf ein Bier gehen, er begleitet mich nicht zum Billard in ein Café. Sein Telefon zeichnet Anrufe auf, doch erst, wenn das Gebet und die Ziegen ihn für einen Augenblick freigeben, ruft er, manchmal nach Wochen, zurück. In meiner frühen Wiener Zeit lernte ich ihn kennen, ich betrieb damals noch meine Einsiedelei im Telefondschungel. Seit ich Leo kenne, hat er mich nur wenige Male unaufgefordert angerufen. Er ruft aber an oder taucht unerwartet auf, wenn ich nicht mehr ein und aus weiß. Während ich versuchte, aus den Dokumenten des Gebirgsjägers einen Bericht zu formen, störte ich ihn oft in seiner Einsiedelei. Bald werde ich ihn in Wien treffen.

Im Kunsthistorischen Museum betrete ich vor der verabredeten Zeit eine Seitenkammer, in der die beiderseits bemalte Bildtafel des Hieronymus Bosch steht. Hier werde ich Leo treffen. Doch da sind weder Leo noch Bosch. Ich frage einen Aufseher, wo das Bild hingekommen sei, er weiß es nicht. Ich gehe rasch hinunter zur Museumsinformation. Erleichtert höre ich, der Bosch ist nicht verliehen, sondern nur an anderer Stelle im Haus. Ich gehe wieder hinauf und gelange in einen

Eckraum. In der Mitte steht vor einer Vitrine, den Rücken mir zugewandt, Leo. Die Bildtafel in der Vitrine wirkt kleiner als an ihrem vorherigen Standort, und sie bekommt hier mehr Licht.

Leo sagt laut: Was siehst du?

Er kann mich doch noch nicht gesehen haben, wen fragt er?

Im Zentrum, antwortet auf der anderen Seite der Tafel eine mir gut bekannte Stimme, steht der Außenseiter.

Da spricht Bruno, mit dem ich in der stürmischen Nacht die Schachpartie begonnen habe. Ich bleibe im Hintergrund, will das Gespräch der beiden hören.

Woran siehst du, dass er ein Außenseiter ist? fragt jetzt Leo.

Um ihn herum sind wohl dreißig Männer, keiner beachtet den im Zentrum, der schaut wie nach innen, erwidert Bruno von der anderen Seite der Tafel.

Wie sieht der Außenseiter aus? will Leo wissen.

Er schaut meinem Briefträger ähnlich, sagt Bruno, ist schmächtig wie er, das Haar schütter, rötlich, strähnig, das Kinn läuft spitz zu. Mein Briefträger trägt freilich keine Dornenkrone, sondern meistens Jeans und nicht so ein petrolgrünes, bodenlanges Gewand wie der Außenseiter. Der geht auf nagelgespickten Holzscheiten bergauf.

Was siehst denn du? fragt Bruno.

Einen nackten Buben, sagt Leo. Er geht noch nicht ganz sicher, seine Linke liegt auf dem Griff eines dreirädrigen kleinkindgroßen Rollators, in der rechten Hand hält er an einem Holzstab ein Windrädchen. Erzähl noch von den Männern neben dem Außenseiter, bittet Leo.

Dem Außenseiter zugewandt ist nur ein Dicker, rosa gekleidet, in seiner erhobenen Rechten schwingt er eine

Seilschlinge. Der Dicke beobachtet den Außenseiter, als wolle er sichergehen, dass der ja tüchtig leidet. Keiner der anderen Männer beachtet den Außenseiter. Die Männer tragen Hellebarden und Leitern, sagt Bruno, sind vorfreudig aufgeregt. Ein Ereignis steht bevor. Sie sind beschäftigt mit sich oder miteinander und mit etwas, das vor ihnen irgendwo bergauf sein muss. Viele Blicke richten sich hinauf, als erwarteten sie dort oben die Leinwand eines *Public Viewing*.

Was macht der Außenseiter? fragt Leo.

Der hält den Blick gesenkt, sagt Bruno, seine Einsamkeit kümmert ihn nicht, er hat sich seinem Schicksal ergeben. Er geht schwach und geduldig, wie mein Briefträger, wenn er die prall gefüllte Doppelpacktasche hinter sich herzieht.

Was schwächt ihn? fragt Leo.

Ein Kreuz, erwidert Bruno. Er trägt ein Kreuz, das ausschaut wie ein T, der Längsbalken reicht über den Querbalken nicht hinaus. Und dein nacktes Kindlein, fragt jetzt Bruno, siehst du seine Eltern?

Nein, erwidert Leo, der Bub ist allein. Er steht geschützt in einem Kreis, womöglich im Kreis der Kindheit, dunkel ist sein Hintergrund, die Kreisumgebung rot.

Dem Kreuzträger voran, sagt jetzt Bruno, geht eine besondere, feingliedrige Figur. Ist's ein Mann, ist's eine Frau? Ganz in Weiß geht sie, wie in Unterkleidern.

Wer ist sie? fragt Leo.

Ich weiß nicht, sagt Bruno. Ein Seil über ihrer Schulter verbindet sie mit dem Kreuzträger. Auf ihrem Rücken hängt ein bläulicher Schild, er zeigt eine Kröte, wie gekreuzigt liegt sie auf dem Rücken, als nehme sie in dieser Stellung den Tod vorweg, auf den der Kreuzträger erst zugeht. Die Weiße setzt ihren Schritt ähnlich wie hinter ihr der Kreuzträger, nur geht sie leichtfüßig. Die beiden Gestalten gehören zueinander.

Ja, sagt Leo, sie sind eins, das der Maler in zweien dargestellt hat. Die weiße Figur verkörpert die Seele des Kreuzträgers.

Und dein Bub, fragt Bruno, leidet der?

Nein, sagt Leo, so schaut er nicht aus, er ist mit kindlichem Ernst in sein Spiel vertieft.

Welche Farben hat der Bub? fragt Bruno.

Keine, erwidert Leo, Malerei in Grau.

Hat einer die Wahl? frage ich und gehe zu den beiden. Kinderspiel oder Passion, hat einer die Wahl?

Jedem Kindsein folgt früher oder später die Passion, erwidert Leo.

Niemand hat die Wahl, sagt Bruno, zu viel ist vorgegeben.

Beide Antworten scheinen dasselbe zu bedeuten, denke ich. Unbeschwert dahinlebend, stehst du von einem Tag auf den andern mitten in der Passion – als Verrat kommt sie, als Erkrankung, als Verlassenwerden, als Gewalt.

Warum wolltest du mich hier treffen, Paul? fragt Leo.

Seit langem zieht mich dieses Doppelbild an, diese Zusammenschau der beiden Seiten. Ich wollte wissen, wie du das auffasst. Nun seid ihr beide hier. Hast du Bruno hergebeten? frage ich.

Ja, sagt Leo ohne Erklärung.

Warum hat Bosch diese Szenen auf einer Tafel vereint? frage ich. Das Doppelbild war vermutlich Teil eines Altars, sagt Leo. Aus ihrem Zusammenhang gerissen gewinnt diese Tafel erst ihre eigentümliche Bedeutung als Doppelbild. Kunsthistoriker sagen, der Bub mit dem Windrädchen sei das Jesuskind, die beiden

Darstellungen seien unterschiedliche Stationen im Leben Jesu. Das Leben mit den Bildern ist mir wichtiger, als ihre genaue Bedeutung zu kennen, sagt Leo dann.

Hatte Felician die Wahl? frage ich mich.

Du warst in Stumpf, fragt Bruno, wieder in Stumpf?

Ja, wieder.

Aus dem Nebenraum nähert sich eine lärmende Gruppe, einzelne Kinder laufen auf den Buben mit dem Windrädchen zu, wir verlassen das Museum.

Wir gehen in ein ägyptisches Teehaus, in dem es zu dieser Tageszeit ruhig ist.

Kaum steht der Tee in den bauchigen Gläschen vor uns, sagt Bruno, ungeduldig klingt er, willst du dich nicht endlich versöhnen?

Versöhnen, frage ich, womit?

Mit der Vergangenheit, erwidert Bruno.

Mit welcher Vergangenheit? frage ich. Mit meinen Fehlern und Versäumnissen habe ich mich halbwegs ausgesöhnt. Langsam lerne ich, mir selbst freundlicher zu begegnen, und ich kann mich einigermaßen nehmen wie ich bin. Meinst du das, Bruno?

Nein, erwidert er, das meine ich nicht. Ich rede von Stumpf, du lebst zwar in Wien, doch du bist stärker denn je mit Stumpf verstrickt, von der dortigen Vergangenheit kommst du nicht los.

Das stimmt, sage ich, aber zwischen Loskommen und Versöhnen liegt weite Entfernung. Wie könnte ich mich mit der dortigen Vergangenheit versöhnen? Das ist nicht meine Vergangenheit. Stumpf und meine Hinterstumpfer Familie haben mich bei meiner Geburt in diese Vergangenheit gewickelt. Ich versuche, diese Vergangenheit zu verstehen, damit ich mich aus ihr entfernen kann. Versöhnung mit der Vergangenheit, hohles Gerede.

Vergebung bringt Frieden, steht bei euch im Innergebirge auf einem Gedenkstein für die Opfer der Euthanasie, sagt Bruno.

Ja, wir waren miteinander bei diesem Stein, erwidere ich. Wer kann wem vergeben? Etwa wir Nachgeborenen den Mördern der Kranken, die in Hartheim umgebracht wurden? Eine Anmaßung. Solche Vergebung steht mir nicht zu. Sie raubt den Ermordeten posthum ein weiteres Mal ihre Würde. Nur die Ermordeten könnten ihren Mördern vergeben.

Das Vaterunser, sagt Leo, enthält drei Parteien: Mich selbst, meinen Schuldner und Gott, an den sich das Gebet richtet. Ich bitte Gott um die Vergebung meiner eigenen Schuld und verspreche gleichzeitig, meinen Schuldnern zu vergeben. Das Vergeben spielt in dem Dreieck zwischen mir, Gott und meinem Schuldner. Der Spruch auf dem Stein ist ein frommer Wunsch.

In deinem Dreieck fehlt der, dem du etwas schuldest, sagt Bruno. Ihn könntest du selbst um Vergebung bitten, statt Gott an seine Stelle zu setzen.

Stimmt, sagt Leo, so weit bin ich noch nicht.

Ich bringe die Rede auf Rosa, sie sagte zu oft: Ich habe keinen Hass. Warum? Wollte sie behaupten, sie stehe über ihren Peinigern? Diesen Satz bezweifelte ich, ohne dass ich wagte, ihr gegenüber meinen Zweifel zu äußern, denn ich glaubte, sie schonen zu müssen. Wunsch nach Rache, Wut und Hass hielt ich für verständliche Folgen der Ungerechtigkeit und der Gewalt, die ihr angetan worden waren. Nur langsam beginne ich zu verstehen. Rosa hat erlebt, was jedes menschliche Maß übersteigt, sie war im Unvorstellbaren. Dort versagt der Hass, das Hilfsmittel der Ohnmächtigen. Erst nach und nach begreife ich die Verlassenheit, in welche die Gestapo und die SS Rosa gestoßen haben. Ihr blieb nicht einmal dieser innere Raum des hitzigen Tobens, in dem der Hass zuhause ist. Ohne die Hilfe des Hasses musste sie die Bilder des Schrecklichen, des Unvorstellbaren ertragen, die sie bis in ihre späten Jahre nachts aus dem Schlaf rissen. Wie oft weckten mich ihre Schreie, als ich ihr Kind war. Die Hunde, sagte sie, wenn ich sie fragte, warum sie geschrien habe: Die Hunde waren wieder da. Wenn Rosa sagte, sie habe keinen Hass, meinte sie, die Fähigkeit zu hassen sei ihr genommen worden.

Leo und Bruno schweigen, lassen die kleinen Löffel in ihren Pfefferminztees kreisen, und schließlich sagt Bruno: Wir müssen unserem Bruder siebenundsiebzigmal vergeben, hat das nicht der Kreuzträger gesagt?

Unserem Bruder, ja, sagt Leo, ich frage mich aber, ob jeder unser Bruder ist?

Bruno geht nicht weiter darauf ein, fragt nach meinem Bericht über den Gebirgsjäger, ob ich inzwischen etwas über seine Laufbahn nach der Begnadigung wisse.

Ja, sage ich, ich habe den Bericht mitgebracht. Lies vor, sagt Leo. Zum Vorlesen ist der Text zu lang, erwidere ich. Zier dich nicht, sagt Bruno, und ich lese.

Die Begnadigung stößt dem Gebirgsjäger 1951 ein Tor auf, vor ihm liegt sein zweites Leben. Er ist 43 Jahre alt, ihm fehlt nur ein Unterschenkel. Seit einigen Jahren arbeitet er schon als Handelsangestellter, dieser Beruf könnte ihn und seine Frau bis zu seiner Pensionierung ernähren, doch in seinem Gnadengesuch behauptet er, seit je hätte er nichts anderes gewollt, als zurück in seinen ursprünglichen Beruf.

Dem Land fehlten Lehrerinnen und Lehrer. Fast drei Viertel von ihnen hatten sich früh in den Führer verliebt, ähnlich stark hatte die Naziphilie nur Richter befallen. Die amerikanischen Befreier entließen 1945 die nationalsozialistischen Lehrer und Lehrerinnen. In manchen Salzburger Schulklassen saßen im Schuljahr 1945/46 hundertdreißig Kinder. Schon im folgenden Schuljahr mussten die entlassenen Lehrkräfte wieder eingestellt werden.

Warum? unterbricht Bruno. Wäre ohne Schule die erste Nachkriegsgeneration verloren gewesen? Und wenn schon Schule, waren da keine von der Bewegung unbewegten Leute, die den Kindern lesen und schreiben hätten beibringen können?

Die Nachkriegsjahre eigneten sich offenbar nicht für Experimente, sage ich.

Was immer man getan hätte, sagt Leo, wäre falsch gewesen und hätte neues Unrecht erzeugt, habe die Philosophin Hannah Arendt geschrieben. Man handelte in den Raum totalen Unrechts hinein, der von den Nazis geschaffen worden war.[17]

Lies weiter Paul, sagt Bruno.

Begnadigt übersiedelt der Gebirgsjäger 1951 in seinen Herkunftsort und wird wieder Volksschullehrer. Der Nazi, den die Entnazifizierung gerade erst aus dem Kollektiv entfernt hat, kommt zurück in dessen Mitte. Er ist begnadigt, damit er im Innergebirge mit seinen Erfahrungen an der Seite der Kriegsverbrecher Kinder erzieht. Er ist begnadigt, damit er mit seinen SS-Erfahrungen den Kindern verschweigt, dass ihre Väter für eine Illusion gekämpft haben. Er ist begnadigt, damit er mit seinen Kriegserfahrungen den Kindern beibringt, die Kameradschaft zu pflegen, die Gräber der Wehrmachtssolda-

---

17 Hannah Arendt: Denktagebuch. 2002

ten und das Brauchtum. Zwanzig Jahre später werden die Schüler des Gebirgsjägers meine Lehrer. Sie geben mir sein Erbe mit: die Kopfnüsse, die Demütigungen und das Beschweigen des Nationalsozialismus.

Der Gebirgsjäger war 1951 als Gottgläubiger in seinen Herkunftsort zurückgekommen. 1955 nahm ihn die katholische Kirche wieder auf. Er heiratete nun eine Berlinerin, und dieser Frau wollte er nicht nur auf dem Standesamt, sondern auch vor einem Altar das Jawort geben.

Ich frage Leo, warum die katholische Kirche die Nazis so leichtfertig wieder aufgenommen hat?

Ich habe keine Antwort, erwidert er, ich kann nur sagen, Herr, vergib uns unsere Schuld. Und womöglich ist auch diese Bitte eine Anmaßung, denn nicht ich habe frühere Nazis in die Kirche aufgenommen.

Ich schaue Leo an und bin mir nicht sicher, ob er sich über mich lustig macht. Ich lese weiter.

Der Gebirgsjäger fügt sich wendig in die neue Zeit und will in seinem Herkunftsort Direktor der Volksschule werden. Die von ihm so bezeichneten schwarzen Lumpen haben ihm ein paar Jahre zuvor aus der schwarzen Uniform in die weiße Weste geholfen, ihrer Partei ist er nicht beigetreten. Nur wer Mitglied der jeweils richtigen Partei ist, kann in den fünfziger Jahren Volksschuldirektor werden. Der Gebirgsjäger verlässt seinen Herkunftsort wieder und übersiedelt in ein Dorf, das ihn zum Volksschuldirektor ernennt und bis zu seiner Pensionierung beschäftigt.

In den 1950er-Jahren beginnt seine Karriere als öffentlicher Geschichtenerzähler. Später sendet das regionale Radio seine Geschichten. Er wird im Innergebirge zum Star. Der Salzburger Landesjägermeister bekundet den Herausgebern der CD-Aufnahmen dieser Geschichten aufrichtigen Weidmannsdank und legt den Ankauf jedem Jäger ans Herz, man erwerbe damit ein Stück Salzburger Jagdgeschichte, ein jagdliches Brauchtumsjuwel.

1985 erscheint in einem Salzburger Verlag ein Buch mit den Erzählungen des Gebirgsjägers. Die Salzburger Nachrichten bezeichnen sie als heiter. Ein Gemeindesekretär hat das Buch herausgegeben, eine hochrangige beamtete Salzburger Historikerin gab dem Buch den notwendigen Schliff, wie es darin heißt. Als es erscheint, ist die Prügelstrafe in österreichischen Schulen erst seit elf Jahren verboten, während der gesamten Lehrerdienstzeit des Gebirgsjägers war sie erlaubt.

Es war nicht verboten, dass er einen frechen Schüler *zuerst einmal angeschrien hat, dass die braven Schüler bereits nasse Hosen bekamen*, wie es in der spaßigen Erzählung heißt. Es war nicht verboten, dass er *ihm gleich einmal eine Watschen verpasst, dass ihm Hören und Sehen verging*. Er habe *ihn beim Kragen gepackt ... beim Fenster des zweiten Stockes hinausgehalten, ließ ihn über dem unter dem Fenster durchfließenden Wildbach hängen*, und habe gedroht, er *schmeißt ihn hinunter in den Bach*. Dem Schüler *rannen Rotz und Wasser übers Gesicht, und auch zwischen den Hosenbeinen zeigten sich schon nasse Stellen*. Bei einem Schulausflug, erfährt man etwas später, in dieser besonders lustigen Geschichte, habe er diesem Schüler, der übrigens Fasching geheißen habe, *zuerst einmal eine gepatzt*, und weil er ihm bei späterer Gelegenheit *eine Watschen, wegen des dabei entstehenden Lärms, nicht geben konnte*, sei er ihm halt *einmal fest auf die Zehen gestiegen*.

Wo blieb der notwendige Schliff? Gemeinsam ist dem Gebirgsjäger, dem Gemeindesekretär und der Historikerin vor allem die Liebe zur Jagd und zur Demütigung von Kindern. Diese Hubertusrunde ist außerdem sattelfest im Jägerlatein und behauptet über den Gebirgsjäger, er wäre nach seiner Kriegsverletzung 1942 in die Heimat zurückgekommen und wieder in seinem Beruf als Lehrer eingesetzt worden. Ja, er wurde wieder Lehrer, allerdings erst 1951. Die dazwischen liegenden neun Jahre blendet das Trio aus. Es berichtet in diesem Buch aber gern von der Gebirgsjäger-Hilfsbereitschaft. 1942 habe ihn ein Jagdfreund gefragt, was er tun müsse, damit er nicht zum Kriegsdienst einrücken müsse. Der Gebirgsjäger habe ihm geraten, sich alle Zähne ziehen zu lassen, was der Jagdfreund getan habe, der dann aber wegen seiner Plattfüße als untauglich erklärt worden sei. Humorlos, wer über diesen Spaß nicht lachen kann mit dem witzigen Trio. Die Historikerin, die dem Buch den letzten Schliff gab, ist dieselbe, die den Revisionisten Georg Franz-Willing bei seiner Recherche im Scheel-Nachlass des Salzburger Landesarchivs freundlich unterstützte. Seltsame Seilschaft.

Ich unterbreche das Vorlesen. Seit ich nach der Laufbahn des Gebirgsjägers forsche, sage ich, will ich ihn mir vom Leib halten. In der Geschichte über seinen Schüler Fasching sah ich aber mit einem Mal eine Spiegelung. Ich hatte nämlich den Gebirgsjäger in einem Radiointerview über seinen Vater sprechen gehört. Ein Patriarch, übermächtig und hart sei der gewesen, von ihm habe er das Jagen gelernt. Der Gebirgsjäger erzählt in dem Interview, wie er in Begleitung des Vaters den ersten Hirsch erlegt. Da wird ein Bub sichtbar, der dem Fasching erstaunlich gleicht, Tränen fließen, Rotz und Blut. Blut nicht nur des Hirschen, sondern auch des Buben.

Ich will dieses Spiegelbild loswerden. In dem Radiointerview fragt der Journalist in mitleidigem Ton nach der schweren Kriegszeit des Gebirgsjägers. Der antwortet nüchtern, er sei freiwillig eingerückt, von seinem Vater und seinem Großvater habe er gelernt, wer kein Soldat sei, sei kein Mann. Und ungefragt erwähnt der Gebirgsjäger dann die Zeit kurz nach dem Krieg:

Ich war einer von den Gewissen, die sie heute verdammen, sagt er.

Der Journalist fragt nicht nach.

Wann fand dieses Gespräch statt? fragt Bruno.

1982, sage ich.

Vor Waldheim, sagt Bruno, das Tabu war noch ungebrochen.

Leo sagt, lies weiter.

1987 nehmen im Herkunftsort des Gebirgsjägers die Gemeinderäte einstimmig den Vorschlag eines Lehrers an, wieder ein Lehrer, einen Weg in der Nähe der Schule nach dem Gebirgsjäger und dessen Vater zu benennen.

1988 stirbt der Gebirgsjäger, in den Salzburger Nachrichten erscheint ein Nachruf, der sich aus dem Vorwort des Trio-Buches speist: Meistererzähler mit ungewöhnlicher Gabe Tierlaute und Geräusche nachzuahmen, hervorragender Fotograf, Oberschulrat, Direktor, Original im Salzburger Jagdgeschehen, seine Vorträge seien humorvoll gewesen, seine Erlebnisberichte erfreuten alt und jung, heißt es. Der Nachruf sagt dem Gebirgsjäger eiserne Härte gegen sich selbst nach und einen unbeugsamen Willen, von seiner unnachahmlichen Mimik und Gestik ist die Rede. Und der Nachruf nennt ihn seltsamerweise einen großen Nimrod, die hebräische Bezeichnung für Jäger; da fehlt dann nur noch der Intellektuelle, dieser Titel fehlt hier. Intellektuelles ist wenig beliebt im Innergebirge, Jüdisches schon gar nicht. Ein Nazileben hatte der Verstorbene nicht, glaubt man dem Nachruf, doch einen wahren Satz enthält der: Inwieweit der Gebirgsjäger Dichtung und Wahrheit auseinandergehalten habe, spielte nie eine Rolle.

Der Gebirgsjäger hatte in dem Radiointerview über sich selbst gesagt: Ich war mein Leben lang ein Schauspieler.

Bevor ich die Suche nach dem Gebirgsjäger abschließe, will ich wissen, ob das Innergebirge auch im Jahr 2017 das Andenken des Gebirgsjägers pflegt. Ich fahre in seinen Herkunftsort, gehe rund um die Schule, und da ist dieser Weg. Die Schulkinder werden sich den Namen merken, nur erklärt ihnen die Straßennamentafel nicht, dass ihr Ort einem Obersturmführer der Waffen-SS die Ehre erweist.

Anschließend fahre ich in ein Seitental des Innergebirges. Dort soll in einem Bergknappenhaus aus dem 16. Jahrhundert ein Heimatmuseum untergebracht sein, das Stücke aus dem Nachlass des Gebirgsjägers besitzt. Ich bücke mich durch den niedrigen Eingang und schrecke zurück, als mich im Vorhaus der Gebirgsjäger anschaut. Das große Foto zeigt ihn an einem Tisch unter einer Lampe sitzend, er zieht an einer langstieligen Pfeife und schaut mir in die Augen. In der Gaststube hängen weitere Fotos von ihm, mit einem Spaniel, bei der Totenwacht für einen erlegten Hirschen, vor einer Hütte. Dazwischen hängen Krickerln, seine beschrifteten Trophäen. Auf einem steht: Der Hochzeitsbock 6.6.1943. Im Mai 1943 hat der Gebirgsjäger zum ersten Mal geheiratet und behauptet, er sei zu dieser Zeit Patient eines Salzburger Lazaretts gewesen. In dem Knappenhaus finde ich niemanden, der Auskunft geben könnte über die ausgestellten Stücke. Die Nazijahre und die Pyjamajahre des Gebirgsjägers sind nicht erwähnt.

Ich setze mich auf eine Bank in der Gaststube des Knappenhauses, starre in mein Bier und versuche, diesen Ort zu verstehen. Eine Besucherin kommt herein und fragt die Kellnerin, ob hier die CDs des Gebirgsjägers verkauft werden. Nein, erwidert die Kellnerin, die kann man nur im Internet bestellen. Ich zahle und verlasse das Haus, das den Urlaubsgästen recht behagt, urig nennen sie es.

Auf dem Weg aus dem Tal fällt mir ein Satz Turgenews ein: *Er war ein leidenschaftlicher Jäger und infolgedessen auch ein ausgezeichneter Mensch.* Statt gegen den Besitzer des Knappenhauses, gegen die Firmen, die CDs des Gebirgsjägers vertreiben, oder gegen den selbst, entfliegen mir Flüche gegen den unbeteiligten Turgenew.

Dann hast du angerufen, Bruno, sage ich. Ob diese Geschichten denn überhaupt noch irgendjemanden interessierten, wolltest du wissen. Mir ist gleichgültig geworden, ob diese Geschichte jemand anderen interessiert. Seit 2008 verkauft die Gemeinde Stumpf ihre Chronik überallhin. Die Gemeinde hat sich weder bei mir noch bei anderen Angehörigen der Deserteure und ihren Unterstützerinnen je für ihre Schmachschrift entschuldigt. Ich warte nicht länger. Ich bin der Enkel eines Deserteurs. Ich nehme diese Chronik nicht länger unwidersprochen hin.

Ja, das hast du gesagt, sagt Bruno, und du hast das Telefon ausgeschaltet, bevor ich dir antworten konnte.

Ihr kennt mich seit langem, sage ich, ihr wisst, ich brauche oft viel Zeit bis ich begreife. Lange habe ich die Frage der Namen gewälzt, habe behauptet, ich wolle keinen Gegenpranger aufstellen, wolle weder Rache noch Versöhnung, sondern nur verstehen. Während meiner zu schnellen Fahrt aus dem Tal begriff ich endlich das

Offensichtlichste. Wawi hat es mir gesagt und auch Pertil: Er war ein Obernazi, das weiß im Innergebirge jeder, und das stört dort kaum jemanden. Die Chronik selbst nennt ja den Namen des Gebirgsjägers, bringt sein Foto und nennt auch seine Funktionen: SS-Mann und Adjutant des Gauleiters. Die Chronik sagt das und scheut sich nicht, ihn zum Gewährsmann gegen die Deserteure zu machen. Er hieß Herbert Mader. Als Mader Bascht wurde er in der Nachkriegszeit im Land Salzburg bekannt.

Ich habe eine Postwurfsendung an alle Stumpfer Haushalte geschickt, sage ich dann, eine Auslobung. Meret hat mir zehntausend Euro hinterlassen, diesen Betrag habe ich als Belohnung ausgesetzt. Ich ziehe aus meiner Tasche ein Papier, reiche es Bruno und er liest vor:

Wer innerhalb von 24 Monaten nach dieser Auslobung anhand schriftlicher Dokumente die folgenden drei Behauptungen beweist, erhält als Belohnung 10.000 Euro.

1. 1944 hat Heinrich Himmler befohlen, ganz Stumpf nach Wolhynien zu deportieren.
2. 1944 standen in Zach und Pinz neunzig Eisenbahnwaggons bereit, in denen die Bevölkerung von ganz Stumpf deportiert werden sollte.
3. 1944 haben Herbert Mader und Gustav Adolf Scheel Stumpf vor der geplanten Deportation gerettet.

Paul Schwedenreiter
Wien, im Jänner 2016

Bruno gibt mir den Zettel zurück und sagt, das Geld wird dir bleiben, der Zorn der Stumpfer wird dazukommen. Du wirbelst die Geschichte wieder auf.

Ich wirble auf? frage ich. Nach Merets Tod wollte ich ungestört an sie denken. Hätte die Gemeinde mir nicht ihre Ortschronik ins Herz gezwungen, hätte ich meine Trauerjahre nicht an einen alten Nazi verschwendet.

Unser gemeinsamer Tag hat bei den Bildern begonnen, sagt dann Leo, als wolle er uns besänftigen. Haben sie dich begleitet in den Jahren deiner Suche? Begleitet ist zu viel gesagt, erwidere ich, aber ich stand oft vor dieser Tafel. Sie ist über fünfhundert Jahre alt, und das Spiel ist mir genauso vertraut wie der Außenseiter. Er geht allein, in sich versunken, was um ihn herum geschieht, berührt ihn nicht mehr. Meine Erfahrungen decken sich mit denen der Figuren in dem Doppelbild. Es verbindet mich mit den Menschen vor mir und nach mir. Das Doppelbild zeigt mir meinen Platz und etwas von mir selbst.

Es stimmt, woran Bruno erinnert hat, sagt Leo, wir sollen siebenundsiebzigmal vergeben. Der Kreuztragende hat aber auch gesagt, für den, der begeht, was das Griechische skandalon nennt, wäre es besser, er würde mit einem Mühlstein an seinem Hals im Meer ertränkt. Wir wissen nicht, was mit dem skandalon genau gemeint ist, sagt Leo, das Wort bezeichnet eine verwerfliche Tat. Die Philosophin versteht darunter das, was nie hätte geschehen dürfen. Sie schreibt, es sei das, was durch Vergeben oder Bestrafen wiedergutzumachen nicht in unserer Macht steht. Wer das skandalon begeht, ist einer, der durch Strafe nicht gebessert werden kann, einer, der die Weltordnung bewusst und aus vollem Herzen verletzt.[18]

Ich verstehe, dass du diesem Gebirgsjäger nicht vergibst, sagt Bruno, aber mit deinen Zeitgenossen in Stumpf solltest du dich versöhnen.

---

18 Hannah Arendt: Über das Böse. 2006

Bruno, sage ich, du wirst harmoniesüchtig. In Stumpf hat die Zeit nicht geheilt. In Stumpf vergeht die Vergangenheit nicht. In Stumpf wird die Vergangenheit mit den Jahren bösartiger. Sie könnte mich erschlagen. Was du von mir verlangst, Bruno, ist nicht Versöhnung, sondern Verrat. Auch wenn mich von dir manchmal Meinungsverschiedenheiten trennen, kann ich mich mit dir immer versöhnen. Der Gebirgsjäger aber und die Seinen sind weder meine Schuldner noch meine Brüder.

lastlos

Dein Briefkasten geht über, sagt Wawi am Telefon. Sie ist an Rosas Haus im Graben vorbeigefahren und hat Briefe und Werbeprospekte im Schnee liegen sehen. Sie schickt mir die Briefe.

Nach der Auslobung rechnete ich mit einigen Antwortschreiben. Doch nun kommen Briefe aus Stumpf und Pinz, aus Zach und Hinterstumpf, Briefe über Briefe. Ich bekomme Zeitzeugenberichte, Fantasien, Analysen, Erklärungen und Hörensagen mit Namen und Adressen der Absender, Drohungen und Beschimpfungen kommen anonym. Ein Anonymer erweckt die Partisanenbrut wieder zum Leben. Die hätte nämlich, schreibt er, in Wien, mitten auf dem Heldenplatz, ein riesiges Denkmal bekommen, das wäre Schande genug, da brauche man in Stumpf nicht auch noch irgendeinen Stein für Schwarzschlachter, Kleinkriminelle und Viehdiebe.

Ob Anonyme oder Leute, die sich zu erkennen geben, alle wissen etwas. Die Alten erinnern sich plötzlich wieder genau, ganz genau. Was während meiner Kindheit und Jugend in Hinterstumpf und Stumpf kein Thema war, worüber in keinem Wirtshaus, auf keiner Liegewiese und auf keiner Piste geredet wurde, das wissen jetzt alle Briefschreiber und Briefschreiberinnen. Alle erzählen sie von den Waggons, die für die Deportation in Zach und Pinz bereitgestanden wären. Wenn sie die Waggons nicht selbst gesehen haben konnten, weil sie dafür zu jung waren, so kennt doch plötzlich jede jemanden, der mit eigenen Augen die Waggons gesehen haben will. Doch auch Leute, die 1944 Kleinkinder waren, wie sie selbst zugeben, erinnern sich nun ganz genau an dieses traumatische Ereignis, von dem die Chronik sagt, die Einheimischen hätten zum Zeitpunkt des Geschehens nichts davon gewusst. Nun wollen manche, als Kleinkinder, die Waggons sogar in beiden Orten stehen gesehen haben.

Die Briefschreiber zitieren Bücher, nicht nur die Chronik, in denen von den Zügen die Rede sei. Inzwischen ist wieder ein Buch über das Innergebirge erschienen, in dem Zeitzeugen von dem Überfall erzählen und von den Zügen, die in Zach und Pinz für die Deportation bereitgestanden wären.

Die Leute schreiben so erregt von diesen Ereignissen, als seien sie selbst einer Gefahr ausgesetzt, einer unmittelbar drohenden oder gerade erst überstandenen Gefahr. Mir fällt ein, wie sich die Honoratioren vor Jahren ereifert hatten, als wären sie selbst bedroht und zwar unmittelbar. Als wäre gar keine Zeit vergangen seit dem Überfall, der ja nicht ihren Familien gegolten hat, sondern meinem Großvater und meiner Urgroßmutter in Hinterstumpf. Jede und jeder weiß nun alles und scheint sich der Belohnung schon sicher.

Ich antworte denen, die ihre Namen angegeben haben. Ich frage.

Standen die Waggons schon vor oder erst nach dem SS-Überfall in den beiden Bahnhöfen?

Einer antwortet: vorher.

Ein anderer: nachher.

An dem Überfall war angeblich ein Bataillon SS beteiligt. Wie waren diese tausend Männer aus dem Tennengau angerückt? Zu Fuß, auf Lastwagen, auf Motorrädern, Pferden oder mit der Bahn? Und wenn sie mit der Bahn gekommen wären, wie waren die SS-Waggons zu unterscheiden von jenen, die für die Deportation bestimmt waren?

Einer schreibt zurück, er habe in der Nacht vor dem Überfall Motorräder von Zach heraufkommen gehört, der Lärm sei stundenlang zu hören gewesen.

Sonst antwortet niemand.

Standen für die Deportation Personenwaggons oder Güterwaggons bereit?

Niemand antwortet.

Welche Farbe hatten die Waggons?

Niemand antwortet.

Wie viele Waggons standen in Zach, wie viele in Pinz?

Niemand antwortet.

Woran war zu erkennen, dass die bereitgestellten Waggons jene für die Deportation waren? Waren die Türen mit dem Ziel Wolhynien oder Wolynien oder Ukraine oder Polen beschriftet?

Niemand antwortet.

Die Briefe liefern Behauptungen über Behauptungen, Erinnerung an Erinnerungen von Erinnerungen. Sie bringen keinen Beweis. Sie bringen nur mir Gedanken, wie ich sie lange erhofft habe.

Ich glaube mit einem Mal, ich verstünde nun den Überfall auf Hinterstumpf und seine Folgen. Gestapoleute hatten gedroht, haltlos gedroht, vielleicht schon vor dem Überfall, vielleicht währenddessen oder nachher: Werden die Deserteure nicht ausgeliefert, wird ganz Stumpf deportiert. Die Erinnerungen an diese Drohungen mischten sich mit der Erinnerung an die tatsächlichen Deportationen der Deserteure und ihrer Angehörigen aus Hinterstumpf. Daraus könnte das Gerücht entstanden sein, Himmler habe die Deportation des ganzen Plateaus befohlen.

Dem Gebirgsjäger kommt dieses Gerücht zu Ohren und sehr gelegen. Er plustert es auf mit einem zweiten Gerücht und kürt sich zum Retter.

Zwei Jahre sind seit der Auslobung vergangen. Merets Erbschaft werde ich für meine eigenen Pläne verwenden.

Ich leihe einen LKW und fahre an einem Wochenende mit Böhm, dem Lehrling aus der Firma, zu Rosas Haus. Die Bücher, das Geschirr und die kleinen Dinge habe ich schon vorher in Kartons gepackt und das Wasser abgelassen, als würde ich das Haus für den Winter vorbereiten. Wir demontieren Schalter, Stecker, Heizkörper und schlichten alles in den LKW. Dann tragen wir die Möbel hinaus und verstauen zuletzt die Kartons. Am folgenden Tag nummerieren wir alle Holzbalken des Hauses, innen und außen. Bei unserer Abreise steht nur noch der Sparherd in der Küche und auf dem Dachboden bleibt neben dem Kamin ein dunkelblaues Metallröhrchen mit rotem Verschluss.

Ein paar Wochen später komme ich an einem Abend mit dem Auto aus Pinz zu Rosas Haus. Ich gehe die paar Schritte zur Haustür, sperre auf, lege den Rucksack und den Anorak nicht ab. Im Vorzimmer schalte ich die Taschenlampe ein. Ich leuchte in die Küche, in den nächsten Raum und in den nächsten, dann in den Oberstock. Alle Türen sind offen, ich beginne zu summen. Das Summen wird mein Singsang, mein Sprechgesang, nur Vokale anfangs, dann Worte, Sätze, gesungen in meinem Dialekt. Meine Litanei begrüßt Rosa, Felician, Kaspar und Meret. An diesem Abend nehme ich mit ihnen Abschied von unserem Haus. Im Vorraum wende ich mich um, einmal gehe ich noch in den Oberstock, steige hinauf in den Dachboden. Neben dem Rauchfang steht das Metallröhrchen. Ich öffne den Verschluss, drücke die Dachluke auf und die Seifenblasen verschwinden in die Nacht. Ich schließe das Röhrchen, stecke es ein, gehe hinunter und verlasse das Haus. Die Litanei, Rosa, Felician, Kaspar, Meret. Alle Erinnerungen nehme ich mit.

Ich übernachte in einer nahen Pension und bin am nächsten Morgen wieder bei Rosas Haus. Auf der schmalen Straße kommen schwere Fahrzeuge mit einem Kran, dahinter ein Kleinbus. Meine Brückenmeisterkollegen steigen aus. Als die Dämmerung einbricht, ist Rosas Haus aus dem Graben verschwunden.

Am folgenden Tag planiert eine Raupe das Grundstück und bringt Humus auf. Der Bildhauer bringt Eisenstangen und Acrylglastafeln. Wir betonieren die Steher in den Boden. An das Metallgerüst hängen wir mit Stahlseilen die Tafeln. Auf der ersten Tafel steht die Inschrift

In Liebe und Dankbarkeit denken wir an euch und eure mutige Feigheit.

Die Freundinnen der Deserteure und
ihrer Unterstützerinnen
2018

Jeder Deserteur hat eine Tafel. Genannt sind sein Name, die Geburts- und Todesdaten und die Todesart. Neben die Tafel eines Deserteurs kommen die Tafeln zur Erinnerung an seine Unterstützerinnen. Der Bildhauer hat die Position und die Größe der Tafeln fein aufeinander abgestimmt. Sie hängen frei und schwebend wie ein Mobile, lastlos.

Die letzte Tafel hängen wir etwas abgesetzt von den übrigen. In diese Tafel ist die Geschichte des Überfalls auf Stumpf geschrieben.

Als ich meine Suche nach dem Gebirgsjäger begann, dachte ich, Namen der Täter und deren Opfer sollten, wo immer möglich, gemeinsam genannt werden. Während wir mit Wawi, den Deserteursfreundinnen und dem Bildhauer den Gedenkort planten, schwankte ich. Sollte der Gedenkort auf Rosas Grundstück nicht ausschließlich den Deserteuren und ihren Unterstützerinnen gehören? Das Nichtnennen der Täter, entgegneten mir Wawi und ihre Freundinnen, ist eine Andeutung der Versöhnung. Wir wissen, wer Hinterstumpf überfallen hat.

Zu der Zeit, als SS-Obergruppenführer Dr. Gustav Adolf Scheel Gauleiter von Salzburg war und SS-Obersturmführer Herbert Mader sein Adjutant, wurde Hinterstumpf überfallen. SS-Obergruppenführer Dr. Ernst Kaltenbrunner, Chef des Reichssicherheitshauptamtes, gab dem Gestapo-Kommandant des Reichsgaus Salzburg, Dr. Hubert Hueber, den Befehl zu dem Überfall. Hueber leitete den Überfall gemeinsam mit SS-Sturmbannführer Werner Hahn, Kommandeur des SS-Gebirgsjäger Ausbildungs- und Ersatz-Bataillon 6. Besonders brutal misshandelten und folterten die Salzburger Gestapobeamten Georg König und Josef Erdmann die Deserteure und ihre Unterstützerinnen.

Rund um das Grundstück mauern wir aus Granitsteinen eine Umgrenzung. Wir betrachten den Platz aus einiger Entfernung. Wie ein Hain ist er, licht.

Am nächsten Wochenende begleiten etwa hundert Freundinnen Wawi in den Graben. Bruno, Leo und einige Musiker kommen, mit denen Meret und ich früher gespielt haben. Nun spielen wir zum ersten Mal nach ihrem Tod wieder, und wir singen.

Ich bin ein klein wild Vögelein / und lasse mich nicht zwingen.

Leo spricht zum Gedenken. Wir schweigen.

Später ist der Platz menschenleer. Ich säe Gras.

Historische Quellen zu Herbert Mader

Bundesarchiv Berlin

R/9361/III 12 39 60 Sippenakte
R/9361/III 54 16 64 Personalakte

Oberösterreichisches Landesarchiv Linz

Sondergerichte Linz, Schachtel 317, Aktenzahl VgVr 4936/47
Sondergerichte Linz, Schachtel 544, Aktenzahl VgVr 600/50

Österreichisches Staatsarchiv Wien

AT-OeStA/AdR AuS BMfsV 2 Rep Bundessozialämter LIA Salzburg
AT-OeStA/AdR PK 2Rep AR NS Buchstabe I-Q 14/114/1951

Geschichten von Herbert Mader

Gottfried Steinbacher (Hg.): Salzburger Jagdgeschichten. Salzburg 1985
Chronik der Gemeinde Goldegg im Pongau. Salzburg 2008
Jaga G'schichten vom Mader Bascht. 1991 bis 2001. 6 CDs. Pan Sound Records (Bogner Records)

Historische Dokumente und Biographien der Deserteure von Goldegg-Weng und deren Unterstützerinnen
http://www.goldeggerdeserteure.at

Weiterführende Informationen
http://www.omvs.at/de/buecher/schwedenreiter-1765/

Ich danke Esche Schörghofer für seine Unterstützung. Er hat diesen Text mit mir recherchiert und hat die Recherche finanziert. Ohne ihn gäbe es dieses Buch nicht. Ich danke Erhard Gassner, Brigitte Höfert, Roland Irnberger, Fritz Lorber, Eva Marsal, Michael Mooslechner, Sibylle Nagel, Maria Nicolini, Elena Schmidt und Friedrun Wiesinger. Sie haben auf unterschiedliche Weise zur Entstehung dieses Buches beigetragen. Und ich danke allen, die mir von der Brückenmeisterei erzählt haben.